Michael Weins

Krill

Erzählungen

mairisch Verlag

[mairisch 16]
1. Auflage, 2007

www.mairisch.de

Autorenfoto: Stefan Volk / www.stefanvolk.com
Druck: AZ-Druck, Kempten

Printed in Germany
ISBN 978-3-938539-06-4

Inhalt

Bloß eintauchen in das schwarze Wasser
Unter mir schlafende Fische
Schlafende Vögel in den Bäumen am Rand

Arne Wendtland, *Nachtsee*

Delfinarium

Wir setzten uns in die dritte Reihe von oben, möglichst weit entfernt von den Stimmen der Kinder. Die Luft stand, als bräuchten Delfine heiße Luft ohne Sauerstoff für ihre Nummern. Susan fegte den Plastiksitz mit ihrer Zeitung ab, albern, dachte ich, doofe Kuh, setz dich und mach keine Mucken. Gerade hatte ich keinen Funken Liebe für sie. Ich fand sie zu aufdringlich geschminkt, und mir war es recht, so weit oben zu sitzen, wo sonst niemand saß, von wo man die Delfine nur als graue Lichtreflexe durch etwas widernatürlich Türkises schneiden sah. Ich wollte diese Fisch-Dressur angucken, danach ficken und dann meine Ruhe. Einmal die Woche Susan reichte mir vollkommen. Einmal die Woche holte ich sie von zu Hause ab, ihr Ehemann stand schon hinter der Haustür, hatte sie schon in ihre Jacke gehüllt. Ich hetzte mit ihr durch den Zoo, wir schauten uns die Show an, vögelten anschließend in meinem Wagen, dann lieferte ich sie ab, bevor es dunkel wurde. »Spaß gehabt?«, fragte ihr Mann in die Leere zwischen uns, ein Faxe-Bier in der Hand, und beide machten wir »hm«, sie mit lächelndem Gesicht und aufgelösten Haaren, ich mit sorgenvollem Blick auf mein Auto, das wie immer in der Einfahrt der Hühnerfuttermittelfabrik abgestellt war.

In der Tiefe der Arena machte gerade ein Delfin, der Bob hieß, das wusste ich mittlerweile, einen doppelten Überschlag, wobei er mit dem Wedeln seiner Schwanzflosse eine Kerzenflamme löschte. Der Raum zwischen dem Polyester meiner Bekleidung und meiner Haut hätte ein tolles Gewächshaus abgegeben.

Sie liebte die Delfine. Der Rest des Zoos war ihr vollkommen egal. Manchmal fragte ich sie, ob sie nicht auch die anderen Tiere anschauen wollte, Löwen oder Elefanten, die Klassiker sozusagen. »Mh-mh«, machte sie dann, schüttelte den Kopf und zog mich Richtung Delfinarium. Kamen wir an den anderen Gehegen vorbei, wandte sie demonstrativ den Blick ab, als könnten diese Tiere etwas dafür, als würden sie ihren Delfinen die Show stehlen.

Sie hatte selbst etwas von einem Delfin, war beileibe keine Schönheit. Es waren diese enormen Stirnwülste in ihrem Gesicht, und irgendwo in den Tiefen des Schädels sah ich gelegentlich zwei kohlschwarze Äuglein funkeln. Ihre Gesichtshaut war gleichmäßig sienabraun gegerbt, wobei der restliche Körper schneeweiß war. Ihr Mann setzte sie jeden Tag vor seinen Turbogesichtsbräuner, das erzählte er mir einmal, als er mir das Geld gab. Ihre Haare waren blond und lang und schön, und sie gefielen mir, wirklich.

Ich betrachte sie von der Seite, fand sie interessanter als Delfine.

»Willst du eigentlich zurück in deinen Beruf, wenn das Kind älter ist?«, fragte ich. Ihr Blick ging stur geradeaus, sie ließ nie ein Auge von der Fischnummer, kein Detail durfte ihr entgehen, obwohl der Auftritt sich seit zwei Jahren kein bisschen verändert hatte.

»Ja«, sagte sie. »Nein.«

»Aha?«, fragte ich.

»Ja. Als Pilotin werde ich nie wieder arbeiten, aber ich möchte gerne wieder etwas tun, bald, noch geht es ja nicht, weil das Kind noch so klein ist, es braucht mich ja.«

»Warum wirst du nie wieder als Pilotin arbeiten?«

»Ich kann nicht.«

Ein Delfin namens Kerstin klatschte nach einem gewaltigen Sprung auf die Wasseroberfläche, sie hob die Zeitung, um das Spritzwasser abzuwehren. »Warum?«, fragte ich.

»Es ist unmöglich. Es geht nicht.«

Delfin Bob hatte jetzt eine Trillerpfeife im Maul.

»Irgendein Bürojob«, sagte sie, »wo man in Ruhe sitzen

kann, das wäre schön.« Sie lächelte und ich strich ihr eine Strähne aus der Stirn, mir war danach.

Ich hatte keine Ahnung, was genau es war, was mich an ihr anzog, sexuell meine ich, denn darauf reduzierte es sich. Nach der Delfinshow gingen wir stets wortlos zum Parkplatz, sie schob den Rock hoch, die Strumpfhose hinunter, setzte sich auf die Rückbank und presste die Knie an die Schultern. Es ging immer sehr schnell und wir beide machten keinen Mucks, ich schaute ihr nicht ins Gesicht, und sie hielt die Luft an. Einmal hatte sie leise etwas gesummt, ein Kinderlied, ein anderes Mal bis vierzehn gezählt, dann war ich gekommen. Ich hatte sie über eine Anzeige kennen gelernt, die ihr Mann aufgegeben hatte, unter der Überschrift *Zoobesuche*.

Wenn ich mit ihr zusammen war, fühlte ich mich wie ein Familienvater auf Sonntagsausflug, in ihrem Beisein ging ich mir selbst verloren, ich kam mir seltsam fremd und erwachsen vor. Sie hingegen ruhte in sich, war selbst eine Delfinshow, ohne Publikum, ein Bassin im Mondlicht, in dem sich lautlos riesige Delfine jagten.

»Du bist dumm«, sagte ich, ich wusste es nicht besser, ich wollte ihr weh tun.

»Ich weiß«, sagte sie, »deshalb bist du da, um auf mich aufzupassen.«

Das stimmte nicht, und sie wusste es. Ich war dazu da, erhielt mein Geld, um mit ihr Sex zu haben. Ich wusste, dass sie nicht mehr miteinander schliefen, sie und ihr Mann, wie alle Paare. Ich kam einmal die Woche, weil sie sonst unausgeglichen war und Anfälle bekam, einmal hatte sie dem Kind mit der Bastelschere das Gesicht zerschnitten.

Die Sonne schien noch, als wir das Delfinarium verließen, sie war still, weil ihr Liebling gefehlt hatte, ein Tümmler namens Mikesch, ein dickliches Tier, das sonst als Clown geschminkt für Lacher sorgte. »Er ist erkältet«, sagte ich, wobei mir selbst unklar war, wie sich ein Delfin bei den Temperaturen erkältet haben sollte. Sie schwieg und ging mit hängendem Kopf, mit kleinen schweren Schritten Richtung Parkplatz, ich blieb stehen und sah ihr nach, ihrem runden Rücken zu und die kleinen Staubwolken aufsteigen, die ihre Absätze aus dem Boden zauberten.

»Ich möchte heute lieber keinen Sex«, sagte sie, saß nur sehr gerade auf der Rückbank. »Ich weiß«, sagte ich und meinte, ist gut, ich verstehe es schon. Ich setzte mich neben sie und ließ die Wagentür offen. Ab und zu hörten wir einen Pfau schreien. Nach einer Weile legte sie den Kopf auf meine Schulter.

Avocado

Sie kommt zu mir. Ein letztes Mal. Sie steht vor meiner Tür und schaut mich von unten nach oben an. Aus diesen grünen Augen, die mich an saugende Steine erinnern. Dann sitzt sie auf meinem Sofa. Genauer gesagt, sie sitzt auf mir, auf meinem Schoß. Sie hat die Finger in meinen Haaren. Ich atme schmerzhaft Luft auf ihren angezogenen Busen.

Sie sagt: »Es ist aus, du weißt es. Ich kann es nicht mehr. Du bist der erste Mann, der mir gewachsen ist, aber du weißt, dass ich nicht frei bin. Es geht nicht. Es schmerzt uns beide. Du bist der beste Mann für mich. Aber was rede ich. Ich will keine Hoffnungen wecken. Der andere ist ein Idiot. Und jetzt will ich noch einmal richtig küssen zum Abschied. Und wer weiß, was das Leben bringt. Vielleicht ist es ein Abschied, vielleicht müssen wir aber auch Geduld haben. Vielleicht musst du Geduld haben, vielleicht. Aber warte nicht auf mich.«

Dann presst sie ihre Lippen auf meine und saugt, dass der letzte Rest Würde über meinen Mund in ihren Körper transferiert wird. Sie hat die Augen geschlossen und tut, als gäbe sie sich hin, eine geschickte Imitation. In Wirklichkeit achtet sie darauf, dass ihre Lippen beim Küssen eine gute Performance machen, dass sie geil aussehen, wenn sie sie auf meine quetscht. Und das gelingt wie immer. Meine Arme hängen links und rechts an meinem Körper herab, schlabbern auf das Sofa.

Dann löst sie sich und sagt: »Puh, ist das gut, ich könnte ewig so weitermachen.«

Sie kramt in ihrer Hosentasche und legt etwas Rundes auf den Tisch. Es sieht aus wie ein Ding aus Holz. Eine große Nuss. Oder ein Kern.

»Was ist das?«, frage ich.

»Nach was sieht das denn aus«, sagt sie.

Ich sage: »Ein Kern.«

»Es ist mein Abschiedsgeschenk«, sagt sie. »Ja, ein Kern. Aber ein Apfelkern ist das nicht.« Sie zwinkert mir zu.

»Aha«, sage ich. »Avocado?«

Ich weiß, dass sie Avocado mag. Sie stellt gerne Guacamole her, den grünen Partymatsch der Inka. Und sie schnippelt gerne Avocado in ihren Salat. Sie isst überhaupt lauter Dinge, aus denen ich mir wenig mache. Fenchel zum Beispiel. Und Laugenbrötchen mit überbackenem Käse. Ich esse gerne Fleisch. Ich esse gerne Brot. Ich esse Bananen. Lebensmittel, die sie verabscheut. Und ich mag keine Avocado. Ich esse gerne Salat in meinem Salat. Ich weiß nicht, warum sie mir einen Avocadokern schenkt. Das heißt, ich kann es mir denken. Es ist eine Prüfung. Sie prüft meine Geduld. Seit Wochen und Monaten. Als wäre sie Angestellte beim Charaktereigenschaften-TÜV.

Sie sagt: »Du musst den Kern liegen lassen. Nach drei Tagen kannst du die äußere Haut abpellen. Das ist nicht einfach. Anschließend nimmst du vier Zahnstocher, die du kreuzweise in das Ding steckst. Und zwar im Höhenverhältnis ein Drittel zu zwei Dritteln. Dann legst du den Kern mit den Zahnstochern auf ein Glas, so dass er zu einem Drittel mit Wasser bedeckt ist. Du wartest sechs Wochen. Dann bildet sich ein Keim, den du an einer bestimmten Stelle abschneidest. Ich habe vergessen, wo, es ist aber wichtig. Anschließend entwickelt sich die Wurzel, das dauert noch einmal drei Wochen. Dann kannst du den Kern eingraben. Er muss in einem bestimmten Verhältnis mit Erde bedeckt sein, ich weiß es nicht mehr.«

Ich blicke in ihr Gesicht, keine Häme. Sie blickt wie ein Engel. Ich frage mich, ob ich das Eingraben bei Vollmond besorgen soll. Vermutlich muss ich die Avocado mit meinem Blut gießen. Und es dauert Jahre, bis ich meine eigenen

Avocados in meinen Salat schneide. Avocado diaboli. Wahrscheinlich stehe ich dann mit umgebundener Schürze in meiner Küche und matsche mir eine Guacamole zurecht für meine traurige, kleine Singleparty.

Ich habe diese Geduldsspiele schon immer gehasst. Wenn irgendwelche Grundschul- oder Unterstufenmädchen sich Hefeteigrezepte mit Männernamen zuraunten. Das hatte schon so etwas Sexuelles, diese heimliche, devote Hingabe an einen Teig namens Lutz oder Hermann. Und einige kriecherische Jungen machten es mit, um im weiblichen Ansehen zu steigen, weil sie auf dem freien Markt keine Chance hatten.

Ich nehme den Kern von der Tischplatte und wiege ihn in der Hand. Er ist nicht schwer, aber er zieht mich nach unten. Ich gehe im Kopf ihre Instruktionen durch. Natürlich werde ich tun, was sie verlangt. Wahrscheinlich steigert es meine Chancen ins Unermessliche. Ich muss bloß alles richtig machen.

Sie steht auf und streicht dabei sachte über meinen Penis.

»Ich muss gehen«, sagt sie. »Es war eine schöne Zeit und – wer weiß?«

»Ja«, sage ich mit einem belegten Stimmchen. Mit der Stimme eines Eichhörnchens, das an einer Nuss knackt.

Ich stehe in der Tür und sehe ihr nach, wie sie die Straße hinunter geht, sehe ihren Po hin und her schwingen, ein letzter Gruß. Ich halte den Kern in der Hand. Kurz überlege ich, ihn hinter ihr her zu werfen, voll auf die Locken. Dann denke ich, dass es meine Chancen verschlechtert.

Drei Tage später pule ich mir die Fingernägel blutig. Auf die Idee, ein Messer zu benutzen, komme ich nicht. Und ich will den Kern auch nicht verletzen. Sie ist ein zäher Gegner, diese Schale. Ich fülle ein Glas mit Wasser. Ich lege vier Zahnstocher bereit. Dann frage ich mich, wo bei einem Avocadokern oben und unten ist. Ein Drittel zu zwei Dritteln, hat sie gesagt. Aber wo setzt man an?

Ich schreibe eine SMS: Entschuldige bitte die Störung, ich

vermisse dich usw., aber wo ist bitte oben und unten? Bitte antworte schnell, der Kern ist geschält und verfärbt sich.

Ich sitze am Küchentisch und schaue mein Mobiltelefon an. Die Minuten vergehen. Sie wird mich warten lassen, wie immer. Es macht einen Menschen interessant, wenn man auf ihn wartet. Vielleicht hat sie das in einer Frauenzeitschrift gelesen. Oder ihre Großmutter hat es ihr erzählt. Ich sitze und warte, und alles zieht sich mir zusammen. Ich fühle mich wie von innen verfaulendes Obst. Sie macht das geschickt. Einmal hat sie mir einen wichtigen Brief angekündigt per SMS, der alles klären würde. Acht Tage musste ich warten. Und dann stand nur in dem Brief, dass sie mir noch viel zu sagen hätte.

Ich frage mich, wie sich die Avocado in freier Wildbahn vermehrt, wenn kein Depp zur Hand ist, der sie schält und in ein Glas Wasser steckt. Eine vom Aussterben bedrohte Pflanzenart, künstlich am Leben gehalten durch ein Millionenheer liebeskranker Idioten. Ich sehe mich auf allen Vieren durch den Hof kriechen, um eine paar gelbe Avocadoblätter besorgt. Wenn ich Aufzucht und Pflege vergeige, kann ich auch die Liebe vergessen. Wie im Märchen. Wer die Tochter des Königs freien will, muss die magische Avocado bezähmen. Ich blicke auf das Display, keine Nachricht. Was mache ich hier, frage ich mich.

Ich erhebe mich mit schweren Gliedern vom Tisch. Ich öffne die Terrassentür. In der Ferne hört man eine Bohrmaschine singen. Aus anderen Küchen fällt Licht in den Hinterhof. Ich schlucke ihn hinunter, den Anfall von Bitterkeit. Ich zwinge mich zu einem Lächeln. Es ist nicht echt, dieses Lächeln. Es ist eine Farce, ein Anfall von Horror. Ein Fledermauslächeln, das aus der Dunkelheit herabstößt auf mich. Ich werfe mit einer schmerzhaften Bewegung, mit aller kläglichen Kraft, die mir zur Verfügung steht, den Kern in ein fernes Gebüsch. Ich schließe die Terrassentür. Ich setze mich hin und atme. Die Befriedigung bleibt aus.

Fünf Minuten später bekomme ich die SMS. »Unten ist da, wo der Nupsi ist«, schreibt sie. Sie schreibt, sie habe nicht gedacht, dass ich es durchhalte. Soviel Geduld habe sie mir nicht zugetraut. Respekt.

Glücklicherweise bin ich zu stolz, um im Halbdunkel in einem Gebüsch herum zu kriechen, auf der Suche nach einem Kern.

Die Heilige Musik der Derwische

»Mir ist was passiert«, sage ich und versinke in Kunstleder.

»Aha«, sagt Claire. Sie gießt Kaffee aus einer türkisen Thermoskanne in einen von zwei fleckigen Bechern. »Willst du Zucker?«

Ich rutsche mich auf ihrem Ungetüm von schwarzem Kunstledersofa zurecht. Dieses Sofa hat sie schon, solange ich sie kenne. Es riecht nach Modder, nach Moor, Erde, Verwesung, nach Weltall eigentlich, weil sich Spuren jeglicher im Weltall befindlichen Materie auf diesem Sofa nachweisen lassen müssten. Claire ist ein nachlässiger Mensch. Sie hat einen Hang, Dinge fallen zu lassen, auch im häuslichen Rahmen. Wenn sie sich eine Zigarette dreht zum Beispiel oder wenn sie ein Glas Saft trinkt. Deshalb klebt und riecht ihr Sofa, aber ich mag es trotzdem, weil es eigentlich wie sie ist.

»Erzähl«, sagt Claire. Sie hält mir einen Becher hin. Auch der Becher klebt, und der Kaffee riecht, aber nicht wie Kaffee riechen soll. Ich kenne das schon und lasse mir nichts anmerken.

»Lecker, der Kaffee«, sage ich. »Was soll ich dir erzählen?«

»Du hast gesagt, dir wäre was passiert.«

»Ja«, sage ich, »genau. Auf dem Weg hierher.«

Auf dem Weg zu Claire bin ich einem Inder begegnet. Auf dem Weg von der U-Bahn zu ihrem Haus. Auf der Straße. Mir ist ein Inder mit einem himmelblauen Turban entgegengekommen. Ich will Claire die Geschichte erzählen, weil ich glaube, dass sie Expertin für Geschichten ist, in denen Inder mit himmelblauen Turbanen vorkommen. Sie hat zwei Yoga-Kurse und einen Bauchtanz-Kurs gemacht. Und sie kann Tarot-Karten legen. Ihr Zimmer ist lila angemalt und an den Wänden hängen Abbildungen von Muttergottheiten und ähnlichen Dämonen. Außerdem hat Claire gerade eine CD angemacht, ich kann das Cover erkennen, das auf einem Haufen Zeug neben der Anlage liegt: Die heilige Musik der Derwische. Ein Mobile aus geschliffenem Glas dreht sich über mir und verteilt bunte Lichtpunkte im Raum.

»Was hältst du davon«, sage ich. Ich krame eine schwarze Perle aus meiner Hosentasche und lege sie neben einen Kaffeefleck auf den Glastisch. Eine schwarze Perle aus Ton. Claire besieht sich die Perle.

»Eine Tonperle«, sagt sie.

»Ja«, sage ich. »Ich habe sie von einem Inder mit himmelblauem Turban bekommen.«

»Aha«, sagt Claire und schlürft einen Schluck Kaffee.

»Ja«, sage ich und schlürfe ebenfalls. Der Kaffee bei Claire hat immer etwas von einer braunen Soße, wie man sie zu einem Braten nimmt. Es ist einfacher, Claires Kaffee zu genießen, wenn man sich vorstellt, man wäre eigentlich zum Braten essen eingeladen und nicht zum Kaffee.

Mir kommt ein Inder entgegen. Ich bin auf der Straße, auf dem Weg zu Claires Haus. Der Inder trägt einen himmelblauen Turban, das nimmt mich sofort für ihn ein. Er besitzt Augen, wie bestimmte Schildkröten sie besitzen. Augen, in denen sich seit Jahrhunderten nichts geregt hat. Er will den Weg erklärt bekommen, denke ich, weil er mir ein Stück Papier hinhält. Auf dem Zettel steht eine Adresse, und er will erklärt bekommen, wie er dort hinkommt, denke ich, das machen Ausländer manchmal. Oder er will Geld. Ich greife nach dem Papier. Es ist eine Visitenkarte. Ein indischer Name steht darauf und der Begriff *Yoga-Master.* In diesem Moment fängt der himmelblaue Inder an zu sprechen. Seine Schildkrötenaugen sind braun. Er redet ein eigenwilliges Englisch, einen Singsang, der mich einlullt und willenlos und gefügig macht. Ich muss lächeln. Er will mein Geld, denke ich. Das ist schön. Es steht keine Adresse auf der Karte, nur ein Name und *Yoga-Master*. Ich lächle, aber der Inder lächelt nicht zurück. Er nimmt mir die Karte aus der Hand. Er redet, aber ich verstehe kein Wort. »Hello«, sage ich nur so zum Versuch. Er wird mir meine Zukunft vorhersagen, glaube ich zu verstehen, und er wird Geld von mir bekommen. Yoga-Master, denke ich lächelnd.

»Do you understand?«, fragt der Yoga-Master.

»Yes«, lüge ich, dabei habe ich keine Ahnung. Er ist ein Yoga-Master und es ist ein Zeichen, dass ich ihn hier treffe. Er wird mir etwas Wichtiges über mich und mein Leben und meine Zukunft vorhersagen. Ich muss genau zuhören, damit ich alles verstehe, was mir durch diesen himmelblauen Inder mitgeteilt wird. Ein höheres Wesen hat diesen Inder geschickt, damit er mich auf den rechten Weg bringt. Es ist meine gottesfürchtige und abergläubische Seite, die das denkt. Quatsch, denkt meine profane Seite, das ist bloß ein Yoga-Inder, der an mein Geld will. Ich schaue in den Himmel, schaue den Wolken zu, wie sie vorbeiziehen. Wenn ich hier ohne zu zahlen rauskommen will, denke ich, dann muss ich jetzt gehen. Ich muss gehen, ich Schaf, ich lächelndes Schaf. Vielleicht ist er ein höheres Wesen, denke ich und lächele.

»Think of a flower«, sagt der Inder.

»What?«, sage ich.

»A flower«, sagt er, »there are so many flowers. Come on, think of one and don't tell me.«

Tulpe, denke ich, *tulip* heimlich und still, und ich muss an diese Spielchen unter Grundschülern denken, wo man ein Musikinstrument, eine Farbe und ein Werkzeug sagen soll und man sagt immer rot und Hammer oder Säge, ob man will oder nicht.

»And now think of a number,«, sagt der Inder, »any number. Think of your lucky number and don't tell me.« Scheiße, denke ich, mein Geld. Und: Elf, *eleven*. Ich zwinkere mir selbst zu, wenn das geht.

»Have you got a number?«, fragt der Inder.

»Yes«, sage ich.

»Don't tell me.«, sagt er. »I will write it down now.«

Er schreibt etwas auf ein Stück Papier. Er benutzt einen abgekauten Bleistift dazu. Es geht sehr schnell, und ich muss lächeln, weil es windig ist und ich auf dem Weg zu Claire bin und weil ich es mag, wenn es windig ist. Der Inder zerknüllt das Papier, auf das er meine Zahl und meine Blume geschrieben hat. Das Papier behält er in der Hand.

»What is your heart wish?«, fragt der Yoga-Inder jetzt.

»What?«, frage ich.

»Your heart wish, what in the world do you desire most?«

Shit, denke ich, ich bin ein Laienschauspieler in einem Nepper-Schlepper-Bauernfänger-Film.

»Come on, tell me your heart wish«, sagt der Inder.

»I want to become a famous writer«, sage ich und werde rot dabei.

»What?«, fragt der Inder.

»A famous writer«, sage ich und schaue mich um, aber es ist niemand auf der Straße, den ich kenne. Eigentlich ist gar niemand auf der Straße, die zu Claires Haus führt, nur dieser Inder und ich.

»Good«, sagt der Inder. »It is a good heart wish.«

»Thank you«, sage ich.

»Now I will show you«, sagt der Inder. »Tell me the flower.«

»Tulip«, sage ich.

»Tell me the number.«

»Eleven.«

»Okay«, sagt er. »Good flower. Good number. Come on, now write down your heart wish.«

»What?«, frage ich.

»Write it down. Your heart wish, good writer, write it down.«

Er gibt mir ein Stück Papier und seinen Bleistift. Auf dem Bleistift muss sich ziemlich viel Inderspucke befinden, so abgekaut, wie er aussieht. Ich schreibe *famous writer* auf das

Papier. Beim Schreiben schaue ich meiner Hand zu und nicht dem Inder. Ich bin nicht sicher, was der Inder in der Zwischenzeit macht. Ich gebe ihm ein Stück Papier, auf dem *famous writer* steht. Peinlich, denke ich. Der Inder legt mein Papier auf seine Handfläche. Er öffnet das zerknüllte Stück Papier und legt es daneben. Jetzt liegen zwei Papiere auf seiner Handfläche. Auf einem steht in meiner Handshrift *famous writer*, auf dem anderen in seiner Handschrift *tulip* und *11*.

»Tulip«, sagt der Inder. »See? Eleven.«

»Yes«, sage ich.

»Good flower, good number«, sagt er. »Your heart wish will become true. Not this year, but in the following.«

»Yes«, sage ich.

»Give me some money«, sagt er. Ich muss lächeln, ich kann nicht anders. »Give me some Money.«

»Yes«, sage ich. Ich hole mein Portemonnaie aus der Jackentasche. Ich öffne die Abteilung mit dem Silbergeld, aber der Inder sagt: »No coins.« Er sagt es mit einer Stimme, die keinen Widerspruch duldet, einer Schildkrötenstimme. Was soll's, denke ich. Man kann nicht immer gewinnen im Leben. Ich bin diesen Yoga-Indern nicht gewachsen. Also gebe ich ihm den Zehneuroschein, der sich in meinem Portemonnaie befindet, mein letztes Geld.

»Listen«, sagt der Inder. »Now I will give you some good magic. A strong magic.« Er drückt mir eine schwarze Tonperle in die Hand. »Strong magic«, sagt er. »Keep it, very strong magic.«

Mir fehlt die Kraft zu fragen, was für eine *magic* das sein soll und wozu sie gut ist und wie man sie einsetzt und ob sie zehn Euro wert ist. Außerdem ist der Inder schon weg. Man kennt das ja bei diesen himmelblauen Indern. Sie können einem für zehn Euro eine Tonperle verkaufen und sich anschließend in Luft auflösen. Das gehört mit in ihre Trickkiste. Man bleibt zurück und fühlt sich wie ein kleiner Hund mit feuchten Locken.

»Was hältst du davon?«, frage ich Claire, die die Perle in der Hand hält.

»Nichts«, sagt sie. »Das ist eine Perle. Eine Perle aus schwarzem Ton.«

»Ja«, sage ich. »Aber ist sie magisch? Und – um was für eine Magie handelt es sich? Was kann die Perle?«

»Vergiss es«, sagt Claire. »Das ist bloß eine Perle.«

»Hm«, sage ich.

Ich glaube ihr nicht. Ich glaube, dass die Perle eine besondere Perle ist. Ich glaube, dass man ein Blumen-und-Zahlen-Ratespiel-Abzocker-Inder sein kann und gleichzeitig ein großer Perlenmagier und Yoga-Master. Das muss sich nicht ausschließen.

»Es ist eine magische Perle«, sage ich. »Aus Indien.«

»Es ist eine Perle aus dem Bastelladen«, sagt Claire. »Und das einzig magische an ihr ist, dass sie dich zehn Euro gekostet hat.«

»Hm«, sage ich und muss lächeln, weil sie recht hat. Ich sitze da mit einem klebrigen Becher in der Hand und lächle.

»Ich glaube trotzdem, dass die Perle magisch ist«, sage ich.

»Armer Irrer«, sagt Claire.

Sie gibt mir meine Perle zurück und ich will noch etwas über den Inder und die Beziehung zwischen Zufall und magischer Wirklichkeit sagen, aber dazu müsste ich mich konzentrieren, was Claire verunmöglicht, indem sie die heilige Musik der Derwische lauter dreht.

Gift

Es ist so leicht, den Effekt zu erzielen. Es braucht nichts als eine präparierte Wurst. Oder einen Kuchen im Gebüsch. Oder hinter der Bushaltestelle. Es hat etwas mit Vorbereitung zu tun.

Der Psychologe, zu dem ich musste, sagt, dass es die Einsamkeit ist. Weil ich alleine lebe nach dem Tod meiner Frau. Die Isolation. Es habe mit Aggressionen zu tun. Ich wolle jemandem die Schuld aufladen, Dampf ablassen, als sei ich ein Ventil. So ein Quatsch. Es ist bloß so, dass ich sie nicht leiden kann. Ich habe nicht einmal schlechte Erfahrungen gemacht, bin nicht gebissen worden oder so. Mich nervt das Getue.

Einmal sah ich einen im Pelzkostüm, das hatte sein Frauchen selbst genäht. Und wenn sie mit den Schwänzen wackeln, die Zungen zeigen. Ich sitze in meinem Versteck mit dem Feldstecher. Oder ich gehe herum und schreibe die Hausnummern und die Uhrzeiten in meinen Spiralblock. Die Leute schauen mich an, nachdem die Polizei da gewesen ist. Sie wissen, dass ich es bin. Aber ich lasse mir nichts anmerken, und Beweise haben sie nicht. Sie haben nichts in der Hand.

Schlimm ist, wenn sie in meinen Vorgarten machen. Dann muss ich mich zusammennehmen, dass nicht die Maske fällt. Dass ich nicht auf die Straße stürze, den Posten hinter der Gardine verrate, nach draußen mit meinem Messer.

Das Gift kaufe ich im Süden. Offiziell besuche ich meine Schwester. Ich kaufe jeweils einen Monatsvorrat. Ich achte darauf, nur die gebräuchlichste Marke zu nehmen. Und ich darf nicht in einen durchschaubaren Rhythmus verfallen. Manchmal warte ich wochenlang, bis sich die Lage beruhigt, bis sie ihnen wieder mehr Lauf an den Leinen lassen.

Wenn ich nur könnte, wie ich wollte. Dann würde ich sie hereinlocken oder in kompliziert getarnten Fallen fangen. Dann würde mir das Gift nicht reichen. Ich würde sie austrocknen. Oder ich würde sie frisch in Streifen schneiden und auf meine Stirn zum Kühlen legen. Das würde mir Erleichterung verschaffen. So aber bleibt nur die Beherrschung, der Triumph aus der Ferne. Über die Gesichter, wenn sich in fremden Blicken meine Taten spiegeln. Ich nehme alles wahr, das Gekeuche, das Röcheln, das armselige Erbrechen, das langsame Krepieren und die Tränen der Besitzer. Nachts, wenn ich im Bett liege, bevor der Sturm losbricht, spult sich in meinem Kopf der Spielfilm ab.

Besonders freut es mich bei Rentnern und bei Kindern. Wenn es die kleinen Lieblinge erwischt, dann bin ich für Tage froh, stelle mir alles wieder und wieder in den Einzelheiten vor.

Jetzt ziehe ich die Schuhe mit den Gummisohlen an. Je älter ich werde, desto mehr verformen sich die Zehen. Es zieht sie nach innen, als wirke Zerfallskraft auf sie ein. Ich ziehe den dunklen Umhang über und die alte Mütze ins Gesicht. An der Buchsbaumhecke entlang geht es gebückt durch den Garten bis zum Loch, das ich in den Zaun geschnitten habe. In der Luft hängt der Gestank der Sommerblüter. Die Nacht gehört mir. Ich schließe die Hand um den Köder in der Tasche. Ich trage Lederhandschuhe – Welpenleder, denke ich, dabei stammt es von Kälbern – und in mir steigt der Pegel. Ich fühle es im Körper schwappen, bis es in mein Gesicht dringt, Adrenaliiin, singt es. Und meine Mundwinkel zwingt es zu einem heiligen Lächeln aufwärts auseinander. Es geht los, ich bin frei. Ich gehe noch einmal die Seite im Spiralblock durch, die ich später verbrenne. Ich rekapituliere den Ort, an dem ich ablegen werde. Der Köder ist sorgfältig ausgewählt, die Menge an Gift abgestimmt. Ich bin das Phantom, nie wird ein Auge Zeuge meiner Untaten sein.

Ich bin dunkel und böse, und diese Uhrzeit und dieses Schaffen sind mein eigentliches Sein.

Heute Nacht steht ein kleiner weißer auf dem Zettel. Ich weiß nicht, wie die Sorte heißt. Er hat mich auf der Straße angesehen, als könnte er in mir etwas lesen, als wäre ich ein Brief, der ihn nichts angeht. Ich bin ihm gefolgt, schrieb alles auf. Und jetzt stehe ich bei dieser Vorgartentür und habe den Baum ausgeguckt, an dem er morgens riecht und sein Bein hebt. Ich schaue zum Haus hin, das mit weißem Anstrich leuchtend da liegt, Mondlicht, still streicht mein Auge die Fassade nach. Ich berühre sachte den Köder, bespreche ihn, wie ich es immer tue. Plötzlich Bewegung. Das Fenster im ersten Stock. Der Vorhang bewegt sich. Ich sehe einen kleinen Menschen mit himmelblauen Haaren, das ist das Mondlicht. Es ist ein Kind. Schwarze Augen, schwarzer Mund. Mit der Hand am Vorhang steht es da. Ich weiß, dass es zittert. Ich habe den Köder schon ausgelegt, aber nun bücke ich mich und die Wurst gleitet zurück in meine Tasche.

Das Gefühl ist kaum zu beschreiben. Es ist ein Orkan, den man in eine Konservenbüchse zwingt. Ich liege zu Hause im Bett und halte es aus. Ich denke an das Kindergesicht hinterm Vorhang. Ich denke daran, den Köder, der auf dem Kopfkissen liegt, selbst in den Mund zu nehmen.

In der Nacht träume ich von einer Fußmatte. Ich halte den Giftkarton in zitternden Fingern. Die Fußmatte ist von tiefem Blau, und das gelbe Pulver rieselt aus der Höhe auf die Borsten hinab. Es formt sich von alleine zu geschwungenen Buchstaben, es formt ein gelbes Wort auf blauem Grund, das so verführerisch ist, dass man nicht anders kann, als todbringend bei der Fußmatte zu verharren, niederzuknien und zu lecken.

Der nächste Morgen.

Dicht bei der Bushaltestelle spricht es mich an. Es nimmt allen Mut zusammen, das sehe ich am verkniffenen Mund.

Die blonden Haare sind zerzaust, die Augen dick, es hat nicht viel geschlafen. Ohne Mama oder Papa steht es da.

»Sie sind es«, sagt es. »Sie wollten meinen Hund vergiften.«

»Ja, du hast mich beobachtet, ich weiß«, sage ich. »Es war in der Nacht. Was machen wir jetzt?«

Das Kind schaut mich ängstlich an.

»Du wirst mich verraten«, sage ich. Das Kind schüttelt den Kopf.

»Doch«, sage ich. Obwohl ich weiß, dass es die Wahrheit sagt.

»Nein«, sagt es mit dünner Stimme, »bestimmt nicht.«

»Du wirst mich besuchen«, sage ich und durchdringe es mit Blicken. Ich weiß, dass meine Augen magisch sind. Es ist schwer, sich ihrer Wirkung zu entziehen. Erwachsene schaffen es, aber nicht die Kinder. Die Kinder haben keine Chance.

»Du kommst morgen um die Mittagszeit. Du wirst früher aus der Schule nach Hause gehen. Sieh zu, dass dich niemand sieht.«

Ich blicke und brenne meinen Einfluss in den Schädel, dass es knackt. Ich sage die Straße und die Hausnummer. Das Kind nickt. Dann lasse ich seinen Bus kommen. »Zwölf Uhr«, gebe ich ihm mit auf den Weg.

Es dreht sich plötzlich um und fragt: »Wieso?«

Ich kann spüren, dass meine Blicke flackern.

»Sie sind nicht für die Stadt geschaffen«, sage ich, als wir am Küchentisch sitzen. Auf der Tischplatte liegt der Kopf eines Fisches von einst, als Freitag war. Ich sehe, wie das Kind den Kopf betrachtet.

»Sie schaffen Unordnung und Schmutz. Sie hinterlassen Chaos. Auf dem Land wäre es etwas anderes, dort hätten sie einen biologischen Zweck. Hier aber sind sie nutzlos. Sie machen die Gegend voll mit ihren Geschäften. Man tritt in ihre Hinterlassenschaften. Man rutscht darin aus. Es ist nicht natürlich. Es ist meine Aufgabe.«

Vom Hass erzähle ich nichts. Das Kind blickt sich im Raum um. Es ist beeindruckt von der Sammlung, die ganze Zeit schon, seit es das Haus betrat. Meine Sammlung, die sich an den Wänden türmt. Ich sage: »Und irgendwann gehe ich herum und schmiere die Türen damit voll und die Gesichter, wenn sie mich anglotzen. Ich lasse sie es schlucken, sie müssen es fressen, so wie ich es schlucken musste und immer wieder schlucken muss.«

Das Kind lacht, aber es hört sofort auf, als ich es streng erinnere.

»Trink deine Schokolade«, sage ich.

»Bitter«, sagt das Kind, »der Kakao schmeckt bitter.«

»Ja«, sage ich. »So ist es. So soll es sein. So ist es immer gewesen. Trink.«

Das Kind trinkt seinen Becher leer, stellt ihn vor mich auf den Tisch.

»Nimm noch einen Keks«, sage ich.

»Ja«, sagt das Kind.

In der Nacht träume ich vom Kind. Es geht mit einer goldenen Schere in der Hand durch die Straßen. Es schneidet im Vorbeigehen alle Leinen entzwei. Und dort, wo der Schnitt passiert, stehen die Menschen mit losen Enden da, befreit, und alle Tiere lösen sich auf. Sie sind einfach fort, von einem Moment auf den anderen. Das Kind ist ernst bei der Sache, doch die Menschen lächeln und streichen ihm über den Kopf. Sie loben es für seine sauberen Schnitte. Ich beobachte im Traum durch ein schwarzes Fenster hindurch, und ich will nicht weinen, bloß weil mir irgendetwas fehlt.

Am nächsten Morgen öffne ich die Tür. Ich habe ein Geräusch gehört. Sie kommen, denke ich. Jetzt ist es aus, es ist soweit, sie kommen, um mich abzuholen. Ich betrachte den Berg an Dingen, auf dem die Tasche ruht. Ich habe sie noch in der Nacht gepackt. Vor der Tür auf Augenhöhe ist nichts. Ich blicke auf die Fußmatte hinab. Dort unten in einer

Apfelsinenkiste. Er trägt eine Schleife auf dem Rücken. Ein Geschenk, als hätte ich heute Geburtstag. Die kleine Zunge glänzt. Und unter der Pfote steckt ein karierter Zettel. Ich entfalte den Zettel und entziffere die unvorsichtige Kinderschrift. Ich lese die Worte, bis mein Blick sich trübt, meine Augen sich füllen, bis die Buchstaben schwimmen.

Räubermärchen

Ich beobachte, wie du den Weg hinabkommst, den Korb unterm Arm, wie du durch den Wald zum Haus deiner Großmutter wanderst mit diesem roten Ding auf dem Kopf, lächerlich, aber mir soll es gleich sein. Das Ding kommt eh schneller runter als du schwupp sagen kannst. Ich bin der Räuber, der dich zwingen wird, in seinem Haus zu bleiben. Mein Name ist Ungewaschen-Ungepflegt. Im Korb sind Wein und Kuchen, dass weiß ich zufällig genau. Wein und Kuchen sind gut, ich habe Hunger, sie sollen mir gehören, das ist der Deal, auch wenn sie nicht der eigentliche Grund sind. Ich habe es auf etwas anderes abgesehen. Den Tipp habe ich von deiner Großmutter bekommen. Ich bin oft bei ihr, aber das weiß niemand, nur ein paar Tiere wissen es, und ich habe dafür gesorgt, dass sie sich nie mehr verplappern. Die Vöglein singen davon, sollen sie singen, niemand versteht ihre Sprache, jedenfalls niemand wie du von so durchschnittlicher Intelligenz.

»Du kannst ruhig grob zu ihr sein«, hat die Alte gesagt, »ich glaube, es gefällt ihr sogar. Und vorsichtig brauchst du auch nicht zu sein, weil sie sowieso nichts mitkriegt. Sie lebt in ihrer eigenen Welt. Sie bekommt nichts mit, du kannst dich auch offen an den Weg stellen.«

Und das tue ich jetzt. Ich stehe einfach so da am Rande des Weges. Du pflückst die hellblauen Blumen ab, die zwischen meinen Stiefeln wachsen.

Ich sage »du musst deine Großmutter aber sehr wenig mögen, wenn du dich mit so mickrigen Blumen begnügst.«

Du blickst zu mir hoch, kein bisschen erschrocken. Ein spöttisches Lächeln huscht über deinen Mundwinkel. Ich hole das riesige Messer aus der Tasche, das immer Eindruck macht, und reinige mir die Fingernägel damit. Brocken Dreck klatschen auf den Waldboden.

»Wieso«, sagst du, und guckst mich von unten nach oben aus großen Augen an, »gibt es denn noch schönere Blumen?«

»Aber gewiss«, brumme ich, schlackere mit dem Messer.

Dein Blick wandert zur Klinge und dein Mund öffnet sich, deine Lippen sind feucht.

Mist, denke ich, denn meine Hose zwickt im Schritt. Ich bin ein Räuber, aber ich habe auch ein Schamgefühl, ich möchte nicht, dass du die Beule in der Hose siehst, nicht jetzt, hier im Wald, und schließlich bist du ein Kind.

Ich sage: »Tja«, etwas anderes fällt mir nicht ein. Aber für dich reicht es.

Du sagst: »Willst du mir nicht zeigen, wo die großen, schönen Blumen wachsen?« Du streckst die Hand nach dem Messer aus, unterbrichst die Bewegung aber, als unsere Blicke sich treffen. Du sagst: »Eigentlich soll ich pünktlich bei der Alten sein, ich meine, bei meiner Großmutter, aber sie freut sich bestimmt über so prächtige Blumen.« Du lässt das bereits gepflückte Sträußlein auf den Boden fallen. Du steckst deine kleine Hand in meine schwielige, große. »Komm«, sagst du.

»Ja«, sage ich, und breche mit dir durchs Unterholz. Ich habe keine Ahnung, wo die schönen Blumen wachsen, aber um mein Haus herum wachsen hässliche gelbe, und das muss genügen für den Zweck.

»Schön«, sagst du und streichst mit der Hand über die Blüten. Die Blumen reichen dir bis ans Kinn, ihre Blüten sind blassgelb, hinterlassen ihre Schrift auf dir, Fliegen umschwirren sie, weil sie ihn lieben, den Fleischgeruch. Ich nenne sie Pferdehälftenblumen. Sie umstehen mein Haus dicht an dicht wie eine Pest, wie ein plastischer Vorhang, meine Blumenarmee, es ist nicht leicht, sich einen Weg hindurchzubahnen.

Mein Haus hat zwei Stockwerke, alle Zimmer sind leer, nur etwas Geröll liegt herum, Dreck, Papier, ein paar Bücher, leere Weinflaschen. In einigen Zimmern liegen alte Matratzen auf dem Boden. Ich schlafe mal hier, mal da. Das Haus hat keine Fensterscheiben, der Wind ist oft mein Gast, er treibt mich von Raum zu Raum, dann wieder in den Wald hinaus, wo ich ihn meinerseits vor mir hertreibe mit meinen riesigen Handflächen. Meine Hände wachsen, wenn es stürmt. Ich kann den Wind dann schaufeln und formen. Manchmal denke ich, dass ich der Herr des Windes bin, dass ich ihn schaffe, dass hier der Knoten ist, in diesem Haus, aus dem der Wind strömt.

Die Kinder sagen Hexenhaus zu meinem Haus, dabei wohnt die Alte ganz woanders, wie du weißt. Dir kann man keine Angst einjagen, noch nicht.

Ich sage: »Genug Blumen«, weil du völlig zugeklebt bist von der gelben Pracht, kaum noch auszumachen, was noch Kind ist und was schon Blütenschleim.

Ich sage: »Sieh dich an, komm mit hinab in den Keller, als erstes wirst du gewaschen, so kannst du dich unmöglich bei deiner Großmutter blicken lassen, du weißt ja, wie sie ist.«

Komisch, nie fragst du, woher mein Wissen über sie stammt.

»Ja, waschen«, sagst du, und obwohl es schattig ist um mein Haus, der riesigen Tannen wegen, sehe ich ein Leuchten in deinen Augen, und du lächelst wieder, als könntest du mich niemals ernst nehmen.

Ich nehme dich grob an die Hand und ziehe dich hinter mir her die finstere Treppe hinab, um mir etwas zu beweisen. Ich bin der Räuber, es soll dir weh tun. Im Keller ist es toddunkel, kein Licht dringt jemals hierher. Der Keller ist viel weiter als das Haus. Niemals bin ich an ein Ende gelangt. Man kann in alle Richtungen unermesslich weit gehen, bis zur Erschöpfung, bis eine namenlose Angst einen klein presst, bis man schrumpft, dass man in jede Tasche passt. Ich greife nach dem Schlauch, mit der anderen Hand entkleide ich dich. Es kitzelt, weil meine Hand so groß wie ein Haus ist, aber flink wie der Wind mit ungezählten Fingern. Sie macht mit deinem Körper, was sie will. Schon bist du nackt, die Finger lassen deinen Körper sirren und vibrieren, aber das ist nicht die Pflicht, es ist eine Nachlässigkeit von mir, man beginnt nicht mit dem Nachtisch, ich bin böse, schlecht erzogen, wie die Alte immer sagt. Also lasse ich den Schlauch auf dir sprechen. Ich wasche dich, damit du sauber genug für deine Großmutter bist.

Ich sage: »Du bist jetzt sauber. Jetzt wirst du warten. Du wirst hier stehen im Schwarz, während ich fortgehe. Du wirst dich nicht bewegen können. Du bist hier aufgespannt im Schwarz, allein durch die Kraft meiner Worte. Ich gehe, und in der Zwischenzeit werden die Spinnen mit dir spielen. Du stehst bloß nackt mit deinem roten Ding auf dem Kopf, und die Spinnen machen mit dir, was sie wollen, verstehst du.«

»Ja«, sagst du mit belegter Stimmer, ganz ernst, als wäre es eine wichtige Aufgabe, und das ist es auch für dich.

Ich gehe die Treppe in das Erdgeschoss hinauf, kauere mich in einer Ecke auf den Boden. Ich stecke mein Gesicht in die Hände, ich stecke meine Hand in den Mund. Ich zähle, 21, 22.

Bei einer Zahl weit über Tausend höre ich auf zu zählen. Ich gehe wieder in den Keller hinab. Du musst jetzt reif, du musst jetzt bereit sein. Ich weiß nicht wirklich, was in der Zwischenzeit passiert, die Alte will es mir nicht sagen. »Wenn du herunterkommst, dann packe sie«, hat sie gesagt, »und lasse deine Hände auf ihr tanzen.« Ich stehe neben dir im Dunkel, atme dich an. Du hast mich nicht kommen gehört, wie solltest du. Aus dem schwarzen Nichts heraus packe ich dich, wische die Spinnen von und aus deinem Körper. Meine Hände tanzen auf dir, erwecken dich zu einem tauben Leben. Von dir ist ein Summen zu hören, zu hoch für einen Menschen, als wärest du ein hoffnungslos kaputter Automat, der irgendwo im Wald steht, der summt, obwohl schon Moos aus ihm wächst.

Ich entkleide mich mit einer Handbewegung, baue mich vor dir auf.

Ich sage: »Wenn du die Augen schließt, wirst du mich erkennen.«

Du blickst kurz auf, ich kann das Klappern deiner Puppenlider hören, dann schließt du die Augen und ich schließe meine ebenfalls und sehe dich an.

Ich sage, »wenn du die Augen öffnest, werden wieder Spinnen kommen. Spinnen groß wie Hunde, sie sind ganz nah. Also halte die Augen geschlossen.«

Durch meine geschlossenen Augen fixiere ich dich. Es ist als würde etwas angeschaltet. Das Licht ist sanft. Ich sehe, dass du mich erkennst, und jetzt schaust du gar nicht mehr spöttisch. Dein Mund steht offen. Ich blicke in das leuchtende Grün deines Gesichts. Du bist jetzt ebenso groß wie ich. Du staunst mich an, Flüssigkeit rinnt deine Wangen hinab. Ich weiß, dass ich im Keller ein anderes Aussehen annehme, wenn man die Augen schließt, die Alte hat es mir gesagt. Ich weiß nicht, was die Wahrheit ist. »Wolf«, hat die Alte gesagt, denn so nennt sie mich, »geh hinunter in den Keller und zeig dich ihr, wie ich dich gemacht habe. Du bist ein schönes Wesen, Wolf, du brauchst nichts als den Mut, es ihr zu zeigen und selbst daran zu glauben. Geh in den Keller und schau sie dir an, und wenn du nicht erschrickst bei dem, was du siehst, dann weißt du, dass ihr füreinander geschaffen seid.«

Also fixiere ich dich durch meine geschlossenen Augen. Aber alles, was ich sehe, ist dieses grüne Licht, das mich trägt, und auch mir will etwas aus den Augen, es ringt sich mir aus der Brust. Und ich gehe zu dir hinüber, wo du atemlos bist, lange bin ich unterwegs, du hast aufgehört zu atmen, ewig schon, es wird in diesem Moment klar, und auch meine Brust steht still, das Bergwerk der Brust, wie ich es einmal nannte, und ich fasse dich an und weiß, dass es Brand ist, der an meinem Körper leckt, der meine Haut versehrt, wenn ich dich berühre, aber das ist ohne Bedeutung, weil ich nichts spüre, so wie du nichts spürst, weil wir nur da sind, wir halten einander und stehen und sterben. Und ich schwanke sanft im Wind, der aus dir strömt.

»Das Messer«, sagst du.

»Ich weiß«, sage ich.

Ich frage mich, wohin dein Korb ist.

Bertina

Sie war prägend für mich, jene Zeit im Haus hinterm Deich, das lässt sich aus heutiger Sicht leicht sagen. Ich fühlte mich aufgehoben dort, geborgen. Wenn ich sagen soll, wann es endete, setze ich lange vor dem eigentlichen Auszug an. Dann denke ich an Weihnachten 1991, als ich meine erste große Liebe lieben lernte, mit der ich später die Zwei-Zimmer-Wohnung bezog, das fällt nämlich zusammen.

Das erste Bild ist, wie ich aus der Stadt komme, an Deck der Finkenwerderfähre stehe und mir den kalten Wind ins Gesicht blasen lasse, Handschuhe an den Händen, die Mütze tief ins Gesicht gezogen, und ins braun aufgewühlte Kielwasser starre, das sich etwas weiter in der Schwärze des Stromes verliert.

In der Stadt hatte ich die Eltern besucht, hatte mit ihnen Kaffee getrunken, ein Ritual, von dem ich mich nicht ganz lösen konnte. Im Haus mochte ich wenig darüber erzählen. Ich war der einzige, der an Heiligabend zu seinen Eltern fuhr. Es war reaktionär, aber ich war ein Einzelkind, meine Eltern brauchten meine Anwesenheit für ihre Idylle. Immerhin war ich nicht zum Essen geblieben, nicht mit in die Kirche gegangen, das schien mir ein wichtiger Schritt in Richtung Befreiung.

Die Haare waren länger als im letzten Jahr, die Samthose sah speckig aus, der Kunstfellmantel hatte einen Riss. Gegen den Pullover hatte meine Mutter nichts sagen können, den hatte sie selbst einmal gestrickt. Mein Vater hielt den Mund und vermied es, mich anzusehen. Er hatte mir ein Buch mit dem Titel *Manipulieren – aber richtig* geschenkt. Das hielt er für den Zweck meines Studiums. Ich hatte es am Altonaer Bahnhof im Container entsorgt.

Von Finkenwerder aus musste ich zwei Stationen mit dem Bus fahren. Von da war es ein Fußweg von drei Kilometern bis nach Neuenfelde. Zu siebt bewohnten wir ein Haus mit Spitzdach hinterm Deich, das der Kirche gehörte. Ich hätte uns das Haus nie vermietet. Die Tapeten waren heruntergerissen, die Wände mit Sprüchen und Zeichnungen vollgeschmiert. An der Fassade prangte ein RAF-Stern, im Garten, der nie gepflegt wurde, stand ein Bauwagen, natürlich. Wenn ich der Pastor gewesen wäre, ich hätte uns rausgeworfen. Entweder er wollte uns missionieren oder er war ein heimlicher Revoluzzer.

Jedenfalls war er anwesend, als ich mit laufender Nase das Haus betrat. Er saß in unserer Küche und hielt eine Flasche Wein in den Händen, sein weihnachtliches Mitbringsel. Matze, unser Anführer, setzte ihm gerade auseinander, dass Alkohol das Individuum unter die Knute des kapitalistischen Systems zwinge, mit seiner entspannenden Wirkung trage er dazu bei, dass man den Wahnsinn duldsam ertrage. »Wir lehnen das Prinzip Rausch ab«, sagte er ihm, er könne seine Flasche also gerne wieder mitnehmen, die käme hier nicht so gut an. Der Pastor lächelte gequält, stellte die Flasche aber trotzdem auf dem Küchentisch ab. Dann schaute er sich die Rücken von Ines und Melissa an, die dabei waren, einen Brotteig zu bearbeiten.

Eigentlich durften wir gar keinen Anführer haben, wegen des demokratischen Gedankens.

Wir waren eine Veganerkommune. Wir verbrachten die meiste Zeit damit, Nahrung zuzubereiten, gutes Brot zu backen, Pasten herzustellen, die immer grau waren und nach Leim und Laub schmeckten, ganz gleich, was man hineintat. Im Vorfeld von Weihnachten war viel zu erledigen gewesen. Ich selbst hatte wenig beigetragen, da ich mich mehr als Arbeiter des Geistes verstand. Ich hatte zwei linke Hände. Und wenn ich ehrlich bin, war es tatsächlich so, dass die Arbeit in der Küche meistens von den Frauen erledigt wurde.

Das hätte aber niemand so formulieren dürfen, wir waren ein befreites Wohnprojekt, bei uns war Geschlechtergerechtigkeit verwirklicht.

Überhaupt Weihnachten. So richtig eindeutig war keiner. Alle lehnten wir das Christentum ab, das den Faschismus hervorgebracht hatte. Wir sahen nichts Gutes darin, immer wieder die Ankunft des Führers zu feiern. Aber ganz konnten wir uns der Sehnsucht nach ein wenig Wärme und Gemütlichkeit nicht entziehen. Ein bisschen feiern wollten wir auch. Im letzten Jahr hatte Matze uns die einschlägigen Stellen in der Bibel mit Demagogenstimme vorgelesen. Im Garten hatten wir einen Tannenbaum verbrannt und Verballhornungen der christlichen Lieder gesungen. Allerdings hatten später die Männer aus der Dorfkneipe zu uns herübergeschaut und es war zu unschönen Szenen gekommen, bei denen wir nicht gut abschnitten. Kämpfen gehörte nicht zu unseren Stärken, diskutieren schon eher, aber die Männer wollten nicht diskutieren. Dieses Jahr wollten wir es ruhiger angehen.

Um zehn Uhr saßen wir um den Tisch im Gemeinschaftsraum herum. Die Frauen hatten einen Pastinakenauflauf zubereitet. Der Pastor war gegangen. Wir saßen um die dampfenden Auflaufformen und blickten uns ausdruckslos an.

Matze. Ines. Achim. Josua, der eigentlich Heiner hieß. Melissa, die den kleinen Novalis säugte. Und Bertina mit dem runden Gesicht, den großen braunen Augen und dem Damenbart. Sie war jetzt seit zwei Wochen im Haus, war gerade erst aus Karlsruhe heraufgekommen, und wir hatten schon eine Nacht miteinander verbracht, heimlich Bier trinkend in der Küche und Panzerquartett spielend, kichernd vor Angst, jemand könnte uns erwischen.

Matze hatte allen aufgefüllt. Wir kauten gründlich die guten Nährstoffe aus den Pastinaken. Ich wusste, dass anschließend die üblichen Rituale einsetzen würden.

Die Geschenke, die jeder trotzdem besorgt hatte, würden

gemeinsam ausgepackt und in einen beklebten Karton gelegt, um sie im Garten zu vergraben, wenn der Frost es zuließ. Achim würde eine Tüte bauen, schließlich war Weihnachten. Den Konflikt zwischen Achim und Matze bearbeiteten wir später in der Männergruppe, die Frauen sprächen separat über Melissas Weinkrampf. Dann würde Musik gemacht. Bongos, E-Bass, leere Flaschen, das volle Programm.

Nachdem wir aufgegessen hatten, ging ich also zu Bertina in die Küche. Sie räumte Löffel und Teller in den Spülstein. Wir schauten uns an, ich betrachtete den Flaum auf ihrer Oberlippe, sie sah, dass ich rot wurde. Ich fragte sie, ob sie Lust habe, mit mir an den Fluss zu gehen. Ich wusste, dass die Ufer zugefroren waren, nur die Fahrrinne war noch frei. Sie nickte. Wir vermummten uns dick. Die anderen stellten die Stühle zum Kreis zusammen.

Draußen im Garten tauchte der Mond die Äste des Pflaumenbaums in milchiges Licht, zeichnete ihre Schatten auf den Boden. Wir stapften durch eine unwirkliche Landschaft, vorbei an den blinkenden Weihnachtslichtfenstern, an den spalierstehenden Obstbatterien, in Silber getaucht, unseren Atemwolken hinterherschauend. Wegen des klaren Lichts waren kaum Sterne am Himmel. Erst gingen wir getrennt, dann fand ihre Hand ganz selbstverständlich die meine. Wir kletterten auf den Deich, begrüßten den schimmernden Hang gegenüber am anderen Ufer, wo die Pfeffersäcke in ihren Häusern saßen, dann schritten wir in die Dunkelheit des Deichschattens, hinab ans Ufer, an dem sich die Eisschollen übereinander schoben wie in einem Bild von Caspar David Friedrich. Und dahinter lag das Wasser, schwarz wie ein alter gestrandeter Wal. Ich neigte mich zu ihr, hielt meinen Atem an. »Warte«, sagte sie und legte mir den Finger auf die Lippen. »Ich muss dir erst etwas erzählen. Ich möchte dir erzählen, warum ich Bertina heiße.«

»Ja?«, fragte ich.

»Ja«, sagte sie.

Sie erzählte mit heiserer Stimme, dass sie mit dem Chromosomensatz eines Jungen geboren worden war, als Zwitterbaby. Sie hätte eine überlange Klitoris gehabt, einen Mini-Penis, aber daran könne sie sich nicht erinnern, ihre Eltern hätten es ihr erzählt, es gäbe keine Fotos. Sie hatten sie zum Mädchen umoperieren und als Mädchen aufwachsen lassen, hatten eine Entscheidung getroffen, weil die Gesellschaft Eindeutigkeit braucht. Als sie 18 war, enthüllten sie ihr das Geheimnis, doch ihr war schon vorher aufgefallen, dass sie das einzige Mädchen in der Schule war, das lieber Fußball spielte und sich für Motorräder zu interessieren begann und nicht für Pferde und Schminktipps. Sie habe ihren Namen in Bertina geändert. Bertina entspräche ihrem wirklichen Geschlecht. Mittlerweile sei alles am rechten Platz, sie sei mit sich im Reinen. Nur ihre Eltern sagten nach wie vor Bettina.

»Ich kann keine Kinder bekommen«, sagte sie und blickte mir in die Augen.

»Oh«, sagte ich.

Ich stand am Ufer und wiederholte mir, was sie gesagt hatte, sie konnte keine Kinder bekommen, genetisch war sie ein Mann, irgendwie.

»Macht nichts«, flüsterte ich.

Und es stimmte, es machte mir wirklich nichts. Es schien mir ratsam, keine Kinder in die Welt zu setzen. Ich dachte an die verkorksten Existenzen, mit denen ich zu tun hatte. Es war besser, keine Kinder in die Welt zu setzen, weil sie ihre Eltern ja doch nur hassen würden. Und ich hatte auch nichts gegen ihren Schnurrbart einzuwenden.

»Macht nichts«, flüsterte ich noch einmal.

Ich nahm den Finger, den sie auf meiner Lippe hatte liegen lassen, und steckte ihn mir in den Mund. Dann gab ich ihr einen Kuss, den sie zögernd erwiderte. Wir standen am Ufer des Flusses und küssten uns. Wir standen lange eng umschlungen, Doppel-X und Doppel-Y.

»Möchtest du zurück ins Haus?«, fragte sie irgendwann.

»Nein«, sagte ich, schloss sie nur fester in die Arme. Es war eine jähe Offenbarung. Ich hatte einfach keine Lust, zurück zu den anderen zu gehen, wo wir noch stundenlang bei irgendwelcher Musik in den Kissen herumdröhnen würden, um morgen wieder zu diskutieren. Ich wollte es nicht mehr, das hier war besser.

»Dann mach aber bitte den Wein auf«, sagte sie, »mir ist kalt.«

Aus einer Manteltasche zog sie einen Korkenzieher, aus der anderen die Flasche Pastorenwein. Beides hielt sie mir hin. Sie hatte den Wein mitgenommen, obwohl es verboten war. Ich öffnete den Wein und prostete ihr zu.

»Auf das Haus«, sagte sie, »auf ein freieres Leben.«

Autistendisco

Der Kies knirscht unter meinen Schuhen, als wir auf die hell erleuchtete Villa zugehen und von einem Vampir mit Betreuer überholt werden. Der Umhang des Vampirs weht im frischen Wind und der Betreuer hat sich eine Gitarrenattrappe auf den Rücken gehängt, er geht heute als Zigeuner. Ich bezahle den Eintritt, fünf Euro, und werde angelächelt. Manuel nimmt die Hand des Kassenmädchens und hält sie so lange fest, bis ich sage »lass los«, und seine Finger gewaltsam und einzeln vom Kassiererinnenhändchen biege. Ich bin mit Manuel da.

»Möchtest du deine Jacke ausziehen?«, frage ich und Manuel macht »Hhh«, was soviel wie Ja heißt. Er schält sich aus seiner Jacke und lässt sie, wo er steht, auf den Boden fallen. Wir sind beide nicht verkleidet, obwohl das Motto diesmal Fasching ist. Ich finde verkleiden bescheuert und Manuel ist es auch egal, in welchem Aufzug er sein Bier runterkippt. Er hat einen dicken flauschigen Streifenpullover an und ich weiß, dass er schwitzen wird, wenn er erst einmal in Rage gerät.

»Bia«, sagt Manuel, eines der wenigen Kommandos, die er klar und deutlich artikuliert.

»Ja«, sage ich, »ich weiß«, und: »Sofort.«

Wir gehen die Treppe in den Partykeller hinunter. Die Hälfte der Anwesenden ist verkleidet, die Hälfte der Autisten, die Hälfte der Betreuer, der Raum ist mit Girlanden und Luftballons geschmückt. Aus dem Tanzraum, der abgedunkelten Disco, wummert *Polonaise Blankenese* im Disco-Remix, im Halbdunkel kann ich eine Schlange Autisten sehen, die mit den Händen auf den Schultern des Vordermanns ihre Runden dreht. Ausgelassene Rufe, enthusiastisches Genöle.

Ein Mädchen mit Butzenscheibenbrille und schiefen Zähnen stellt sich mir in den Weg, lächelt mich schüchtern an. »Hallo«, lächelt sie. Sie guckt, sie wartet. »Hallo«, sage ich, ihr Lächeln bekommt Flügel, als hätte ich ihr ein Kompliment gemacht. »Bia!«, ruft Manuel und zieht an meiner Hand, und ich bin ihm ausnahmsweise dankbar dafür.

Er zieht mich an die Bar. Die Bar ist von männlichen Autisten im heiratsfähigen Alter umlagert. Das liegt an der hübschen Praktikantin, die hier Dienst tut. Das ist immer so, ich kenne das schon. An der Kasse, an der Bar, am Imbissstand tun blutjunge Praktikantinnen Dienst, gerade 18 geworden und im Freiwilligen Sozialen Jahr, oder 19 oder 21 und am Beginn ihres Sozialpädagogik- oder Psychologie-Studiums. Sie tun lächelnd Dienst, lassen sich von den Autisten auf beneidenswert direkte Art anbaggern. Sie sind geduldig. Sie hören zu. Sie sind kleine blonde Engel, und nach so einem Abend kommen sie nach Hause und stecken sich den Finger in den Hals.

Das mit dem Anbaggern habe ich hautnah miterleben dürfen, als ich einmal meine Freundin mitgenommen hatte, damit sie weiß, was ich meine, wenn ich sage: Ich war in der Autistendisco. Ich lehnte mit ihr an einem der weißen Plastikbistrotische, als ein zwei Meter großer Autist auf sie aufmerksam wurde. Er sah sie und bahnte sich seinen Weg quer durch den Raum auf sie zu. Viele Leute denken, dass Autisten schüchterne und kontaktgestörte Menschen seien. Kontaktgestört ja, aber schüchtern muss nicht sein.

»Hast du einen Freund?«, war seine erste Frage. Und gleich hinterher, ohne eine Antwort abzuwarten, mit Blick auf ihre Brüste: »Ich habe keine Freundin. Willst du meine Freundin sein?«

»Ich bin ihr Freund«, habe ich gesagt und versucht, ebenfalls zwei Meter groß auszusehen. Er hat durch mich hindurchgeschaut und sich wenig später wortlos umgedreht.

An der Bar ist kein Durchkommen, ich kann nichts für

Manuel tun, der gerade wieder »Bia!« bei mir bestellt. Manuels Besonderheit ist, dass er sich in Einwortsätzen ausdrückt, und dass er gerne Bier trinkt. »Ja«, sage ich und tätschle ihm beruhigend die Hand, er soll sich nicht aufregen.

Ein hübscher junger Mann spricht mich an, der neben einer hübschen jungen Betreuerin steht. Eigentlich spricht nicht er mich an, sondern sein Finger. Er hält seine Hand mit gekrümmten Zeigefinger in Gesichtshöhe. »Wie heißt du?«, fragt mich der Finger. Ich nehme an, der Finger ist so etwas wie eine Fingerpuppe, ein Wurm oder so, vielleicht sein Freund Harvey, sein Mister Zweig. »Ich bin Miguel«, sage ich, »und wer bist du?« Ich gucke den Finger an, ich bin einfühlsam, ich will ihn nicht enttäuschen. »Ich bin Sascha«, sagt der Finger. »Und wer ist das da?«, ich nicke Richtung Fingerbesitzer. »Das ist Marcel«, sagt der Finger, und die Betreuerin lächelt, weil ich alles richtig mache.

Eine Lücke an der Bar tut sich auf, in die ich entschlossen vorstoße. Das Barmädchen hat nussblonde Locken und Grübchen und wimmelt auf engelhaft zugeneigte Weise einen Autisten ab, der schief auf einem Barhocker sitzt, den er den Abend über nicht wieder verlassen wird, zehn Zentimeter vor ihrem Gesicht. »Wenn wir verheiratet sind, können wir in einer eigenen Wohnung wohnen«, höre ich ihn sagen. »Schön«, höre ich mich sagen, »aber vielleicht kann ich trotzdem vorher noch zwei Bier bestellen?« Das Barmädchen guckt mich an, kalt wie Polarmeer. Ich lächle trotzdem, aber nur, weil zwei Bier an dieser Bar ein Euro kosten, wann hat man das schon.

Ich drücke Manuel sein Bier in die Hand, er lächelt, nach einem Schluck ist es halb leer. »Bia«, sagt er. »Lass uns tanzen«, antworte ich.

Im Discoraum nicke ich den beiden DJs zu, die kenne ich schon, zwei nicht mehr ganz junge Typen mit Bierbäuchen, der eine mit Schnurrbart, der andere ohne. Typen wie die treten bei Gartenfesten und diamantenen Hochzeiten als

Musikunterhalter unter Namen wie *Jörgs Tontheke* und *Holgers Universumdiskothek* an. Sie lassen sich nichts anmerken, aber ich bin mir sicher, dass sie sich schon Monate vorher auf den Auftrag gefreut haben und sich nach getaner Arbeit drei Stunden am Stück schlapp lachen werden. Manchmal machen sie sich den Spaß, besonders geschmacklose Musik aufzulegen, weil sie denken, die Behinderten merken es nicht, die tanzen eh jeden Scheiß. Gerade läuft *I will survive*. Die Tanzfläche ist rappelvoll. Manuel stellt sich direkt vor die Box und wippt gegen den Takt mit dem Oberkörper. Ich setze mich auf eine Bank. Ein Autist schlägt sich auf die Ohren. Eine Autistin mit roten Hosen steht in einer Ecke, das Gesicht der Wand zugekehrt. Einige halten sich an den Händen, einer läuft auf der Tanzfläche auf und ab, wobei er die anderen anrempelt. Manuel trinkt in einem zweiten Schluck sein Bier aus. Das Mädchen mit dem Butzenscheibenlächeln betritt die Tanzfläche. Sie sieht mich und stellt sich vor mich hin. Sie hält mir die Hände vors Gesicht. Sie lächelt und ich nehme ihre Hände, ich will nicht unhöflich sein, wegen der lauten Musik kann sie mein Seufzen nicht hören. Ich tanze mit einer Autistin Hand in Hand, sie lächelt mich durch eine dicke Brille verliebt an, eins, zwei, Wiegeschritt. In einer Ecke der Tanzfläche entdecke ich einen Professor von der Uni in einem Ringelpulli mit einem gestreiften Käppi auf dem Kopf und rot geschminkten Wangen, im Kreis mit drei Autisten die Beine schwingend. Was gäbe ich in diesem Augenblick für ein Beweisfoto, für einen Fotoapparat. Der Professor und ich lächeln uns zu, wir sind gute, wir sind liebe Menschen.

Die DJs spielen *Tainted Love* von Soft Cell. Ich lasse die Hände des Brillenmädchens los, weil ich jetzt richtig tanze. »Tainted Love von Soft Cell«, ruft ein Autist, der immer alle Musiktitel kennt und hinausbrüllt. Das Gute an der Autistendisco ist, dass man sich so danebenbenehmen kann, wie man will. Nicht, dass einen keiner beobachtete, jeder beobachtet jeden, aber keiner lacht und keiner lästert, jeder benimmt sich hier daneben. Ich tanze so spackig und extrovertiert wie es geht, wann habe ich dazu schon Gelegenheit. Ich bin kein begnadeter Tänzer, aber meine geringe Anlage an Rhythmusgefühl empfinde ich gerade als Gnade, damit kann man hier mächtig Eindruck schinden. Das Brillenmädchen hat die Tanzfläche verlassen. Ich tanze eine Betreuerin mit Lederhosenpo an, aber sie dreht sich weg, wendet sich einem autistischen Robin Hood zu, der sein Cape schwingt. Manuel wippt, der Rest hält sich an den Händen und lächelt. »Yeah«, sage ich und fühle mich wie John Travolta, bis die DJs den *Ententanz* auflegen.

Ich habe Manuel vor der Box wippend stehen gelassen, die einzige Gefahr ist, dass er die Getränke der anderen Autisten austrinkt. Ich habe mir etwas zu essen gekauft. Am Fressstand bedient eine Praktikantin mit blonden Haaren und Augen bis auf den Grund. Ich hätte gerne mit ihr geflirtet, aber es waren schon welche vor mir da. Ich lehne an einem Plastiktisch und pieke in eine Frikadelle mit Tsatsiki.

»Willst du meine Eierwärmer sehen«, spricht mich ein Autist im Parka mit Hasenscharte an. Das Lächeln rutscht mir aus dem Gesicht bis unter die Tischkante. »Ich habe wieder meine Eierwärmer mitgebracht«, sagt er und lächelt. »Ach?«, frage ich, man darf sich im Umgang mit Behinderten keine Distanz anmerken lassen, trotzdem lehne ich mich unwillkürlich einen halben Meter zurück, um der Spuckefontäne auszuweichen. »Ja«, sagt der Eierwärmerautist. Er öffnet eine Plastiktüte und holt gestrickte Eierwärmer in verschiedenen Farben heraus.

»Die habe ich selbst gestrickt«, sagt er. »Möchtest du welche kaufen?«

»Nein«, sage ich. »Ich brauche keine Eierwärmer.«

»Schade«, sagt er und sieht wirklich sehr geknickt und traurig aus.

»Ich habe auch selbstgestrickte Mützen«, murmelt er.

»Zeig mal«, sage ich und er schielt glücklich an mir vorbei an die Partykellerdecke. Er zieht eine handgestrickte Mützenkollektion aus der Tüte.

»Toll«, sage ich, weil die Mützen tragbar aussehen, schöne Motive, gute Farben. »Was kostet denn so eine Mütze?«

»Einen Euro«, lächelt er.

»Hör mal«, sage ich, »so geht das nicht, das ist viel zu billig«.

»Ja?«, fragt er.

»Ja«, sage ich, »Ich gebe dir drei Euro«.

Ich kaufe ihm zwei Mützen ab, eine braune und eine grünweiße, die ich teuer an Hip-Hopper vor der Roten Flora weiterverkaufen kann. Der Eierwärmer-und-Mützenautist lächelt glücklich. Er holt sein Strickzeug aus der Plastiktüte und beginnt zu stricken.

»Woher kannst du denn so gut stricken?«, frage ich.

»Aus der Berufsschule«, antwortet er.

Er erzählt mir von seiner Berufsschule. Er erzählt mir, dass er gerne Musik hört und Kassetten zusammenstellt. Er fragt mich, wie das Kabel heißt, das man braucht, um Sachen von einem Kassettenrekorder zum anderen zu überspielen. Ich habe meine Ohren auf unscharf gestellt, lasse meinen Blick durch den Raum schweifen. An der Betreuerinnenlederhose bleibt er hängen. Mein Blick wandert höher. Zwei grüne Augen ziehen ihn an, halten ihn fest und tragen ihn. »Bia!«, sagt es neben mir. Manuel hat aufgehört zu wippen. »Bia!«, beharrt er. »Na klar«, sage ich, »sofort«. Und zum Eierwärmer: »Tut mir leid, ich muss mich mal um Manuel kümmern.«

Manuel hat sein drittes Bier in einem Zug ausgetrunken. Er zeigt die ersten Ausfallerscheinungen. Er hüpft vor mir auf und ab, »Bia!«, ruft er und verdreht die Augen, er schwitzt, er schwankt, er hat eine Fahne.

»Du hast genug«, sage ich.
»Bia«, sagt Manuel.
»Nein«, sage ich.
»Klo«, sagt er.
»Okay«, sage ich. »Du weißt, wo das Klo ist, es ist oben, das schaffst du alleine.«

Ich setze mich auf die Treppe und stecke mir eine Zigarette an, obwohl ich nicht mehr rauche. Ich suche die Betreuerin mit der Lederhose und den grünen Augen, aber wahrscheinlich tanzt sie gerade. Gleich werde ich aufstehen und Manuel vom Waschbecken wegholen müssen. Ich weiß, dass er mit nacktem Po und bis auf die Hacken heruntergelassenen Hosen vor der Schüssel steht und daneben pinkelt, ich kenne das. Die Klotür hat er offen gelassen, es ist ihm nicht beizubringen. Nach dem Pinkeln wäscht er sich mit kochend heißem Wasser die Hände. Er seift sie minutenlang ein. Er brüht sie, bis sie wie verzehrfähige Krebse aussehen, er liebt das. Ich sehe mir in Ruhe die Leute an. Die meisten Autisten sind auf der Tanzfläche. Die Betreuer lehnen alleine oder in Zweierkonstellationen an den Bistrotischen herum. Ich ziehe an meiner Zigarette, ich denke: In der Autistendisco ist der einzig signifikante Unterschied zwischen Betreuern und Autisten der, dass sich die Autisten wesentlich besser amüsieren. Die Autisten sind die, die ausgelassen feiern. Die Betreuer sind die, die verloren und kontaktarm an den Tischen herumstehen. »Bia!«, höre ich Manuel oben brüllen. Ich setze eine meiner Strickmützen auf und drücke die Zigarette in einem Pappteller aus.

Russland am Meer

»Du fährst zu schnell«, sagt Mark.

Er sitzt auf dem Beifahrersitz und kaut an seinen Nägeln. Auf einem Schild steht 120, aber ich rase mit 160 am Autobahnanschluss Lübeck-Zentrum vorbei.

»Ja«, sage ich, »stimmt. Ich war gerade in Gedanken.«

Ich dachte an das Kreuz, das Mark sich in den Oberarm geritzt hat, in beide Arme, russisch-orthodoxe Kreuze, komplizierte Gebilde mit doppelten Längs- und Querstrichen und einem Schrägstrich. Die Narben habe ich im Schwimmbad gesehen, in der Ostseetherme in Scharbeutz, als er durch das türkise Chlor getaucht ist.

Wir haben den Tag am Meer verbracht, und er wollte im Schwimmbad baden gehen, nicht im Meer. Wir saßen im Whirlpool, mit uns zwei Mädchen, die schon arbeiteten, so in dem Alter, und ihren Urlaub verbrachten, gesund und normal, was man so normal nennt. Die Mädchen schauten sich Marks Arme an und kicherten. Mark saß ihnen genau gegenüber, halb eingetaucht ins Wasser, mit hochgezogenen Schultern. Man konnte wunderschön seine Kreuze sehen, links und rechts. Mit dem Teppichmesser eingraviert. Er hat sich wieder etwas in die Haut geritzt, schon wieder. Das hatte er mir schon auf der Hinfahrt erzählt, als er sich die Ärmel hochkrempelte und dabei lächelte, verschämt und stolz.

»Vor zwei Tagen. Ich bin wütend gewesen. Ich musste mich schwächen. Aber meine Haut heilt ganz gut.«

»Na dann«, hatte ich gesagt.

Russisch-orthodoxe Teppichmesserkreuze.

Er trifft sich mit russischstämmigen Jugendlichen, will von ihnen Russisch lernen und Valentin genannt werden. Sie nennen ihn Mark. Er trinkt mit ihnen, und sie kiffen. Sie hängen im Park herum, und er hört zu Hause ihre Musik, russischen Hip-Hop und Hip-Hop von Russen, die in Hamburg aufgewachsen sind, auf Deutsch.

Wir hören die Kassette im Auto. Wir haben sie schon auf der Hinfahrt gehört, als wir über Landstraßen fuhren, vorbei an Kornfeldern, bei denen man vom Anschauen wusste, dass einem der Kopf aufgeht vor Weite, wenn man anhält, um durchzuatmen. Gerade erzählt ein Hip-Hopper namens Drago, wie er dem Mädchen seiner Wahl einen geklauten Strauß Nelken bringt, die Eltern machen die Tür auf, sie ist unter der Dusche. In ihrem Zimmer sitzt schon ein Bewerber mit einem Strauß roter Rosen, und ihr Freund wartet im Bett. Drago rastet aus, die genauen Gründe entziehen sich mir. Er richtet ein Blutbad an, vergewaltigt die Anwesenden, tötet sie, hat Sex mit den Leichen.

Die Musik ist schön, eine traurige Klaviermelodie über einem schleppenden Beat. Mark lacht verschämt, als ich eine Bemerkung über den Text mache, er schaut aus dem Fenster, wo ein Obi-Markt vorbeizieht, auf dem sich ein riesiger Biber im Overall mit einem Hammer auf den Kopf schlägt.

Am Samstag feiert er seinen Geburtstag nach, es gibt Pizza vom Blech. Eigentlich wollte er Pelmenis machen, ein russisches Gericht, bei dem man eine Füllung in Teig einrollen muss, was Tage dauert. Mark stellt meistens zwei- bis dreihundert Pelmenis her und sonst nichts. Diesmal haben seine Wohngruppenbetreuer ihn zu Pizza überredet. Seine russischen Freunde werden erwartet, sein Freund Igor aus Kasachstan. Igor kennt er schon seit Jahren, als er noch das schmutzige Kind mit dem Haarschnitt vom Vater und dem Anorak der Mutter gewesen ist. Da ist er schon zu Igor gegangen, der in der gleichen Siedlung wohnte. Da hat Igor schon Hip-Hop gehört.

Es wundert mich immer, warum der ihn reingelassen hat. Mark hat bei ihm Computer gespielt, Musik gehört und russisch gegessen. Er hat sich Kassetten aufnehmen lassen.

Igor hat einmal, als ein Freund dabei war, Witze über ihn gemacht, er sei dumm wie Brot, weil er auf eine Behindertenschule geht und stottert. Und sie sagen immer noch manchmal russische Sachen, die er nicht versteht.

Aber mittlerweile scheint er akzeptiert zu sein.

Früher konnte Mark noch fliegen. Als ich ihn kennen lernte, lebte er in einer Gegenwelt. Er hockte allein auf dem schmutzigen Teppichboden neben dem Etagenbett, aber die Wirklichkeit befand sich in seiner Fantasie. Das hat er mir später erzählt. Dort war er ein Adlerprinz in einer Welt der Menschen und Adler. Er wurde verfolgt und bedroht, er kämpfte gegen das Böse, verteidigte das, was ihm wichtig war. Er war elegant und geheimnisvoll, schnell und verschwiegen, einsam, grausam, machtvoll und schön.

Da, wo ich ihn abholte, brachte er keinen geraden Satz zusammen. Jetzt ist er Valentin, der mir die russische Mafia erklärt, es hätte gar nicht unbedingt etwas mit Verbrechen zu tun, sondern mit Freundschaft. Der Smirnoff Ice trinkt, aber keinen warmen Wodka mag, der versuchsweise russisch flucht, demonstrativ, gerade jetzt, als wir von einem BMW geschnitten werden. Valentin-Mark, der sagt, dass er am Sonntag zum ersten Mal in die russisch-orthodoxe Kirche gehen will. Letzte Woche fiel der Gottesdienst aus. Das glaubt er am schwarzen Brett gelesen zu haben. Auf Kyrillisch.

Vor Igor hatte er schon einmal einen Freund, das heißt, er kannte einen Jungen, meine ich, der aus Italien kam. Da fand er Italien toll, nicht Russland. Da sollte ich ihm italienische Gewürze aus dem Urlaub mitbringen. Der Freund damals war der Schläger der Förderschule, vor dem alle Angst hatten, der sich durchsetzen konnte. Das hat Mark imponiert, denn Mark war der Spinner, der die Anfälle bekam.

Das Problem ist, dass er kein Russe ist, finde ich. Ich sehe das als Problem, er nicht. Wo sind die Wurzeln? Am Strand hat er mich gefragt, wie man eine andere Staatsangehörigkeit annimmt.

»Mensch, du bist doch ein Deutscher«, habe ich gesagt, »genau wie ich.« Weil ich immer will, dass er dazugehört.

»Ich mag die Deutschen nicht«, sagte er. »Na ja, ein bisschen.« Mit einem Seitenblick, als Konzession an mich. »Ich mag auch keine Türken. Und keine Juden. Zumindest nicht alle Türken. Ein paar nette gibt es schon.«

»Ich möchte gerne mit meinen Freunden nach Russland fahren«, sagt er jetzt. Wir überholen gerade einen Lkw.

Ich sehe, dass sein Bein wippt. Er wippt penetrant mit dem Bein, der Wagen vibriert davon. Er hat den ganzen Tag nicht geraucht, fällt mir auf.

»Das kannst du machen, wenn du erwachsen bist, wenn du eigenes Geld verdienst.«

»Vielleicht werde ich Fernfahrer.«

»Einsam«, sage ich, »Fernfahrer.«

»Macht nichts.«

Wir fahren unter einer Autobahnbrücke durch. Mark dreht die Musik lauter.

Vorhin hat er mir erzählt, dass er ein Praktikum in einem russischen Restaurant machen will, das finde ich gut.

Mein zweitbester Moment heute, denke ich, war, als ich ihn glücklich gesehen habe, ganz gelöst, offene Züge, als er mit mir durch das Hallenbadwasser tauchte. Alles leicht, hell und sicher, die Schwere fiel von ihm ab. Er konnte in Ruhe durchs Klare schweben. Das war sein bester Moment, stelle ich mir vor.

Mein bester Moment war, als wir auf einer großen Kunststoff-Banane hinter einem Motorboot durch die Ostsee gezogen wurden. Das heißt, ich saß auf der Banane, Mark hatte im Boot Platz genommen, das fand er sicherer. Mit seiner viel zu großen Schwimmweste saß er steif und aufrecht da, während ich den schlechtesten, den hintersten Platz auf der Banane erwischt hatte, bei dem einer der beiden Griffe zum Festhalten fehlte. Ich bekam Blasen vom Festklammern und fiel bei jeder ruckartigen Bewegung des Motorboots ins

Wasser. Mark und der Typ im Boot haben sich schlapp gelacht. Und ich musste auch immer das große dicke blonde Mädchen vor mir auf die Banane ziehen, wenn alle runtergefallen waren, alleine schaffte sie es nicht. Ein hübsches dickes blondes Mädchen. Ich dachte, der Typ vor ihr, an dem sie sich festhielt, sei ihr Freund, aber sie hat sich immer nur von mir hochziehen lassen. Ich habe mich kurz in sie verliebt, eine Bananenfahrt lang. Ich bin auch so ein Kind, auch so ein Träumer.

»Mensch, Mark«, sage ich und klatsche ihm auf den Oberschenkel. Wenigstens glaubt er nicht mehr, dass er ein Adler ist. Früher hat er mir immer erzählt, er würde die Menschen nicht mögen. Davon ist heute keine Rede mehr.

»Mensch, du musst dir doch kein Kreuz in die Haut ritzen, du musst dir doch nicht wehtun, das ist doch nicht gut.«

»Aber das Kreuz finde ich gut.«

»Dann mach dir doch ein T-Shirt mit dem Kreuz drauf.«

Er schaut mich zweifelnd an.

»He, du bist doch da, du bist doch längst da, und das ist doch auch gut so, du bist gut so.« Ich weiß, dass es sich albern anhört. Ich bin mir selbst nicht sicher.

Er lächelt wieder auf so eine Art. Und ich denke, ja, er ist da, aber es tut wahrscheinlich weh, dass er da ist. Es ist in ihm drin, es wühlt und pocht, und es muss aus ihm heraus, sonst zerfrisst es ihn von innen. Es hat damit zu tun, wo er herkommt, dass er Mark ist, und er hat die Schnauze voll davon und will jetzt normal sein. Ein ganz normaler Russe.

»Mann«, sage ich, »Mark, Prinz Adler, Valentin, ich wünsche, dass du ankommst, dass du nach Russland findest, ganz egal, wo es ist und wie es da gerade heißt.«

Er fängt an, den Rhythmus zu einem Lied zu trommeln, in dem ein deutscher Russe beschreibt, wie er seine Lehrerin umbringt. Sie hat ihm immer gesagt, er kiffe zu viel, er solle sich der Wirklichkeit stellen. Er trommelt mit beiden Händen, und ich trommle auch, ich auf dem Lenkrad, er auf seinen

Beinen, wir trommeln, und wir schauen uns nicht an dabei, das heißt, wir schielen verstohlen hinüber, was der andere gerade mit den Händen macht.

So ist das bei uns, bei Mark und mir.

Jagdgeschichten

1. Auf dem Amt

Jetzt kommt es auf den Plan an, denke ich, während es abwärts geht. Ich stehe im Fahrstuhl und betrachte mich im Spiegel. Jetzt wird sich zeigen, ob der Plan gut ist und ob ich schnell genug bin. Ich muss schneller als alle anderen sein. Ich muss den Plan erfüllen, bevor es richtig losgeht. Ich rümpfe versuchsweise die Nase, ein taubes Gefühl. Ich sehe mit der Klappe überhaupt nicht aus wie ein Pirat, eher wie ein sehbehindertes Kind. Ich gehe noch einmal die Liste durch. *Nicht stehen bleiben* lese ich unter *Grundsätzliches*. Der Sender lässt sich orten, wenn ich mich drei Minuten nicht bewege. Der Fahrstuhl hält. Unter der Überschrift *Plan* steht: *Erstens. Im Take-Away-Café im Erdgeschoss ein Plastikmesser und eine Plastikgabel entwenden.* Sehr gut, denke ich. Guter Plan.

»Herzliches Beileid«, sagt die Bedienung mit den nussbraunen Haaren, die nachschaut, was ich am Besteckkasten mache. Sie guckt die Augenklappe an. Ich sollte sie nicht tragen, aber das Licht ist zu grell und das Auge schmerzt. Ich brauche eine Sonnenbrille. Das hatte ich vergessen. Die Bedienung dreht sich weg, weil ein Kunde sie anspricht. »Moment«, sagt sie. Meine Hand schließt sich um das Messer in meiner Tasche, so fest, dass das Plastik in mein Fleisch schneidet.

2. In der U-Bahn

Ich schaue zum Monitor hoch, der die Fahrgäste unterhalten soll. Eine Firma macht Werbung für Klaviere. Ein Junge sitzt auf einem Schemel und spielt Brahms. *Brahms* steht auf den Notenblättern. Man meint die Musik hören zu können, obwohl man nur die Noten sieht und den Jungen, der seinen Oberkörper vor und zurück wirft. Dann sieht man mein Gesicht, aber das hat schon nichts mehr mit dem Klavierjungen zu tun. Ich trage die Augenklappe und sehe nutzlos aus, ein richtiger Schmarotzer. *Schmarotzer* steht unter dem Foto, dazu mein Name und wo ich mich aufhalten könnte, meine Adresse, die Adressen und Telefonnummern meiner Freunde und Verwandten, wo ich mein Konto führe, meine Hobbys usw. Außerdem die Summe: 3000 Euro. Ich fühle es unter meiner Augenklappe pochen. 3000 Euro für den Augapfel. Er ist die Trophäe. Jeder darf mich töten, wenn er meinen Augapfel bringt. Ich kann fühlen, wie sich die Blicke in meinen Hinterkopf bohren, meine Spiegelung in der Scheibe taxieren. Alle erkennen mich, alle denken: 3000 Euro. Ich hätte niemals mit der U-Bahn fahren dürfen. In der Glasscheibe unterhalb des Monitors spiegelt sich eine Oma. Sie erhebt sich wackelig, schaut auf den Bildschirm, wo ich jetzt ohne Augenklappe abgebildet bin. Ich lächle und forme mit den Lippen das Wort *Käsekuchen*. Sie zieht eine Thermosflasche aus der Handtasche. Sie holt aus, aber ich sitze schon nicht mehr. Ich bin aufgesprungen, die Thermoskanne trifft nur die Lehne. Ich packe die Oma von hinten, drücke ihr das Plastikmesser an den Hals. Die Thermoskanne rollt über den Boden. »Keine Bewegung«, zische ich. Unter einer Hautfalte sehe ich es heftig pochen. Die Spucke, die aus ihrem Mund läuft, riecht nach Hundekissen.

Dann renne ich den Bahnsteig hinunter und frage mich, wie ich die Zeit aufholen soll. Zwei Frauen kommen mir entgegen. »Er ist es«, sagt die eine zur anderen. Sie bleibt stehen und ruft: »Maurice!« Ein Mann am Fahrkartenautomaten dreht sich um. Maurice ist groß und trägt eine Daunenjacke. Da habe ich sie schon getreten.

»Mutter«, keuche ich im Laufen. Ich reiße die Augenklappe weg. Das Licht blendet, aber ich kann mich daran gewöhnen. In meinem Blickfeld schwebt unscharf ein schwarzer Fleck. Ich drücke die Stoppuhr, 30 Sekunden, dann werden sie die Spur meines Handys rückverfolgen, dann kann, wer will, meinen Standort im Fernsehen oder auf seinem Display oder wo auch immer nachvollziehen.

»Mutter«, keuche ich, »es geht los, ich muss mich von dir verabschieden.« Nichts, keine Antwort.

»Ich will dir Lebewohl sagen. Hast du mich verstanden?«

»Warte«, sagt meine Mutter. »Bist du auf dem Amt? Was hat dein Sachbearbeiter gesagt?«

»Ich bin zum Abschuss freigegeben«, sage ich, »ich bin ein Schmarotzer.«

»Siehst du«, sagt meine Mutter. »Ich habe es dir gesagt. Weil du immer arbeitslos bist. Hast du dir die Angebote angesehen?«

Ich denke an die Angebote. Bei einem Job hätte ich in einer Werbeagentur die Mitarbeiter mit Kaffee versorgen müssen, drei Stockwerke. Bei einem anderen in einer Fabrik Teleskopangeln zusammensetzen. Ich habe die Frist verstreichen lassen.

»Mutter«, sage ich, »ich bin nicht arbeitslos. Ich bin …«

»Schriftsteller«, sagt meine Mutter, »ich weiß, das meine ich ja.«

Ich muss an meinen Sachbearbeiter denken. Er besitzt die längsten Wimpern der Welt. Er hat mich angesehen wie ein Reh und gesagt, ich sei über 35 Jahre alt, ich würde seit Jahren die staatliche Mindestförderung beziehen, ich habe noch nichts in die Rentenkasse eingezahlt. Dann hat er die Krankenschwester kommen lassen, die ich aus dem Fernsehen kenne. Die Kameras wurden dichter herangeschoben. Er hat den Sender eigenhändig in mein Auge implantiert.

»Gib mir Vater«, sage ich, »ich will mich von Vater verabschieden.«

Ich bin stehen geblieben.

»Das geht nicht«, sagt sie.

»Mutter«, sage ich, »ich habe nicht viel Zeit, was ist mit Vater?«

»Er ist kurz nicht da. Warte. Oder sag mir, wo du bist.«

»Wieso?«, frage ich.

»Er kommt zu dir. Er ist unterwegs. Sag mir, wo du bist, dann kommt er zu dir.«

»Nein«, sage ich.

»Bleib, wo du bist, dann kannst du es ihm persönlich sagen.«

»Nein«, sage ich. Ich will nicht, dass mein Vater zu mir kommt. Mein eigener Vater. »Ich muss Schluss machen«, sage ich.

»Warte«, sagt meine Mutter. Ich höre, wie sie das Telefon auf die Kommode legt. Ihre Schritte entfernen sich.

»Mutter«, sage ich. Ich schaue auf die Uhr, 46 Sekunden.

4. Messer

Ich laufe durch eine Gasse, von randhohen Häusern bewacht. Mir ist nicht gut, zu warm, zu eng, ich fühle mich krank, als ich die Schritte hinter mir höre. Jemand beschleunigt. Die Schritte werden lauter. Augapfeljägerschritte. Aufhören, denke ich. Aber dann schließt sich meine Hand fester um das Plastik. Ich wirbele herum und drücke es in das Gesicht, das mich anspringt. Ein Mann, mittlerer Angestellter, 36 Jahre alt, braune, gescheitelte Haare, Anzug von C&A. Er reißt mich um, aber das Messer steckt in seiner Wange. Ein blasses Gesicht, ein klaffender Riss, aus dem Dunkelrotes fließt. Die weiße Klinge vibriert. Das Messer ist abgebrochen, den Griff halte ich in meiner Hand. Er rappelt sich auf, hält sich die

Wange, schaut mich mit großen Augen an. 3000 Euro, steht da in verschwindender Schrift. »Du hast mein Messer kaputt gemacht«, brülle ich. Etwas macht eine Bewegung aus mir heraus auf ihn zu. Meine Fäuste fühlen sich warm an, als ich wieder zu mir komme. Ich schaue in den Himmel, zwei Störche ziehen hoch droben durch das Festtagsblau. Auf der Erde weit und breit kein Mensch. Ich nehme zwei von den Tabletten.

5. Mörderbasar

Ich kauere im Schatten hinter Müllcontainern. Ich frage mich, ob ich Monika vertrauen kann. Es sieht ruhig aus rings um ihren Eingang. Es scheint noch keiner da zu sein. Ich ziehe den Rotz hoch, wische mir mit meiner blutigen Hand durchs Gesicht. Ich muss vorsichtig sein. Die Straße ist stark befahren. Monika ist eine entfernte Verwandte, Cousine dritten Grades. Ich habe Monika einmal Geld geliehen, eine dreistellige Summe, und Monika ist Krankenschwester, ein gutes Argument. Ich glaube nicht, dass sie mich zuerst bei ihr vermuten. Bei meinen Eltern wird der Teufel los sein, ganz zu schweigen von meiner Wohnung, dort ist jetzt Mörderbasar. Nur mein Vater könnte auf Monika kommen, mein Vater stellt ein Risiko dar.

Ich kann nicht ewig mit dem Auge herumlaufen, das Auge muss raus. Nach einer Woche kommen die professionellen Jäger, bis dahin will ich weg sein. Es muss schnell gehen. Über die Straße, über die Ampel, dann die Klingel. Von da ab bleiben drei bewegungslose Minuten. Ich frage mich, warum Monika mir mit dem Auge hilft. Ich frage mich, ob sie Grund hat, auf mich böse zu sein. Ich denke daran, wie ich, als wir Kinder waren und ich sie in Ljubljana besuchte, einen Witz über ihre Füße machte vor den anderen. Sie hat außergewöhnlich große Füße für ihren Körper.

Ich warte an der Ampel. Ich würde gerne laufen, aber es geht nicht. Zwei Jungen nähern sich, neun und zehn Jahre. Sie bleiben schräg hinter mir stehen und tuscheln. Der eine Junge lässt sein Handy piepsen. Es geht um mich, das spüre ich. Ich starre die Ampelmännchen an, als wären meine Augen Umkleidekabinen, sie sollen endlich grüne Kleidung überziehen, weg mit der roten. Sie hören gar nicht wieder auf zu tuscheln. Ich weiß, dass es Sammelalben für Kinder gibt, in die sie die Bilder der Vogelfreien kleben, nicht nur die Arbeitslosen wie mich, auch Kleinkriminelle und kranke Alte. Sie sind ganz heiß auf die Dinger. Und sie tauschen Sammelkarten. Dann spüre ich etwas an meiner Hüfte. Im Fallen schaue ich mich um. Der ohne Handy hat mir einen Stoß gegeben. Er guckt seine Hände an, von sich selbst überrascht. Sein Gesicht ist in mathematische Falten gelegt. Wieviel sind 3000 Euro in Sammelkarten? Ich rudere mit den Armen, aber es hilft nichts. Ich sehe, wie ein gelbes Auto durch mich hindurch fährt. Es gibt einen Stoß, als hätte ein Kontinent auf meiner Brust Platz genommen. Kann sein, dass ich durch die Luft fliege. Die Autos machen Musik, hübsch, denke ich, obwohl die Musik laut ist, quietschende Musik. Dann wird der Vorhang weggezogen und plötzlich ist nur noch der Asphalt da. Wie intim, nur der Asphalt und ich.

»Hallo«, sage ich, bevor ich einschlage.

Dann setzt die Enttäuschung ein, so kurz vor dem Ziel. Ich muss an Monika denken, an ihre dunklen Locken, die porzellanene Haut. Ich wollte immer mit ihr schlafen, denke ich jetzt, ich habe es mir bloß nie eingestanden. Die beiden Jungen treten in mein Gesichtsfeld. Der eine hat ein Taschenmesser in der Hand. Der andere hält ein Tuch bereit. Ich kann alles klar erkennen, aber ich kann mich nicht bewegen. Sie beugen sich zu mir herab. Mein Blick fällt auf das Messer, das durch die Luft fährt und keinen Hehl aus seiner

Absicht macht. Auge, raunt das Messer, und mein Auge wimmert, denn es will sich weder von mir noch von der Welt trennen, deren Bilder es lieb gewonnen hat über die Jahre. Ich spüre, wie kleine Finger mein Auge vorsichtig aus der Höhle lösen. Sie ziehen den Sehnerv stramm. Ich stelle mir vor, wie es anders weitergeht. Monika sieht mich auf der Straße liegen. Sie steht am Fenster ihrer Wohnung. Dann steht sie neben mir und verteilt Ohrfeigen. Sie hilft mir mit dem Auge. Sie richtet mich auf. Ich sehe mich auf der Schwelle einer Tür stehen und einen Weg hinabgehen, der in die Ferne führt. Ich gehe auf dem Weg in Richtung der schneebedeckten Berge, wo die anderen Einäugigen warten. Aber das ist nicht die Wirklichkeit. In Wirklichkeit ist der Plan gescheitert. In Wirklichkeit kommt jetzt der Schnitt, und ich gleite davon in die Weite, in der es kein Halten mehr gibt, um mich wird es seltsam Licht, und über einen unterirdischen Fluss geweht höre ich eine Kinderstimme sagen: »Erlegt.«

Wellen

Manchmal lege ich mich an das Ufer des Flusses und lasse die Wellen an mir lecken. Ich liege im Saum der Brandung und das Wasser fließt über mich, tränkt meine Kleidung. Manchmal, wenn niemand da ist, liege ich nackt, in manchen Nächten, wenn es zu kalt für romantische Spaziergänger ist. Die Leute sagen, dass es gesundheitsgefährdend sei. Quecksilber, Tributylzinn, solche Sachen. Selbst die Fische hätten Geschwüre. »Bin ich ein Fisch?«, frage ich dann, und die Leute sehen mich sonderbar an. »Na also«, sage ich und, »mir geht es prima, mir hat es kein bisschen geschadet«. Ich verberge die Stellen an meinem Körper, meine Hüfte, die sich vom Rollen an den Seiten weiß gefärbt hat.

Die Kinder fragen die Eltern, warum dort ein Mann in der Brandung liegt. Die Eltern geben vernünftige Antworten, aber ich kann erkennen, dass sie keine Ahnung haben. Einige sagen, es sei Kunst, »der ist aus Holz«. Andere sind ehrlich und sagen, »keine Ahnung«, sie lächeln mich an, oder sie sagen: »Frag ihn doch selbst.« Dann steht so ein Kind vor mir im Sand, ich betrachte seine Micky-Maus-Socken, es fragt: »Was machst du da?«, während mein Körper sanft von kleinen Wellen hin und her bewegt wird. Ich gucke in eine unbestimmte Richtung, sehe einfältig, aber zufrieden aus. Ich sage: »Ich mache Wellenexperimente«, das klingt immer interessant für ein Kind, besser als, »ich lasse die Wellen an mir lecken«, dann denken sie gleich an etwas Sexuelles, was es zweifelsohne ist. Manchmal sage ich, mein Körper kommuniziere mit dem Wasser, aber das klingt etwas hochgestochen, wiewohl es der Wahrheit entspricht.

Besonders mag ich, wenn die großen Containerschiffe kommen, eines in der Stunde, das ist ihr Rhythmus. Sie hinterlassen eine Schleppe aus Wogen, die mich ganz umspülen, mich tanzen lassen, manchmal meterweit mit sich ziehen, hinaustragen in den Fluss und später an einem anderen Strandstück ablegen. Dann verliere ich mich im schwarzen Taumel, bin glücklich und frei für etliche Sekunden. Ansonsten ist es das: Sie knabbern, betatschen meine Seite, kleine Wellen, die mir auch nicht gleichgültig sind. Es ist dasselbe Gefühl wie als Kind, wenn ich in der Badewanne lag und das Wasser ablief. Das Wasser saugte und zerrte an meinen Lenden, wenn es Richtung Abfluss verschwand, dass ich jedes Mal kurz die Sinne verlor. Natürlich, es ist eine Besessenheit. Es ist auch das Gefühl der Steine, der Kiesel und Scherben in meinem Rücken.

Ich lebe von einer Rente, weil mein Vater ein querschnittsgelähmter Postminister war. Ich brauche nichts zu tun, als Tag um Tag zu liegen. Ich habe sehr wohl eine Wohnung, zwei Zimmer am oberen Elbberg. Dort sitze ich am Tisch vor dem Fenster, betrachte den Fluss, führe mein Wellentagebuch. Ich bin nicht oft in der Wohnung. Ich trinke einen Kaffee, esse ein Toastbrot, ziehe mir trockene Kleidung an. Ich gieße die Pflanze, nehme die Rechnungen aus dem Kasten, dann geht es zurück an den Strand.

Ich verließ meine Frau, als ich 25 Jahre alt war. Sie konnte mich nicht so befriedigen wie das Lecken der Wellen, das ist die Wahrheit. Eines Morgens stand ich auf, zog meinen Anzug an und sagte: »Ich gehe hinunter an den Strand, mein Liebes.«

Sie sagte: »Willst du es wirklich tun, meinst du nicht, es ist ein Fehler?«

Ich habe sie angelächelt, hatte den Türknauf schon in der Hand. Soviel zur Liebe, dachte ich damals.

Und jetzt ist es passiert, ich weiß noch nicht, wie ich mich dazu stelle, lege. Jetzt ist eine andere aufgetaucht, liegt neben mir. Sie hat gesagt, ich solle sie Säurefass nennen, sie habe lange Zeit in einem Säurefass gesteckt. Was für ein Name, dachte ich. Ich glaube ihr keinen Buchstaben. Sie sieht insgesamt zerfressen aus, das Haar ein Stumpf, die Haut ein Schlachtfeld, nur diese grünen Augen leuchten nachts am Strand, dass mir Angst und Bange wird. Wenn sie unter Wasser gerät, sieht es aus wie Meeresfluoreszieren.

Ich fragte: »Warum Säurefass?«

Sie wurde angespült, ich weiß die Uhrzeit nicht, es geschah ganz beiläufig. Ich lag und ließ es lecken, und plötzlich bumste es an meiner Seite, etwas Weiches rieb an mir. »H wie hallo«, sagte sie. »Hallo«, erwiderte ich. Dann taten wir, als sei nichts weiter, lagen einfach nebeneinander, zufällig nackt. Die Tage vergingen. Möwen schissen aus großer Höhe links und rechts von uns in den Sand.

Vor ihrer Ankunft war meine Hoffnung, dass eine Riesenwelle mich fortträgt, mich löst aus meinem Bett am Strand und mich ganz mit sich nimmt, mich in einer fernen Welt wieder ablegt, wo es größere Wellen gibt und wo ich neu beginne.

Ich frage: »Woher kommst du?«

Sie sagt: »Von weit her, aus einem eigenen Land. Dort habe ich lange Zeit am Strand gelegen. Erst saß ich in meinem Säurefass, ich war freiwillig hineingestiegen, weil mir alles zuviel geworden war, aber das ist eine lange Geschichte, die dich nichts angeht, und dann legte ich mich in den Fluss, um die Säure abzuwaschen.«

»Ich verstehe deine Sprache aber«, sage ich, »so weit kann es wohl kaum weg sein, dein geheimnisvolles Land.«

»Du bist wohl ein ganz Schlauer«, sagt sie, »dir kann man nichts vormachen, wie?« Dann dreht sie den Kopf zur Seite und sagt düster etwas Unverständliches, das für mich wie *Fischtopf* klingt.

Ich mag sie, keine Frage. Ich bin ihr verfallen. In der

zweiten Nacht spülte eine gnädige Welle sie auf mich, wir mussten nichts weiter tun, sie kam genau auf mir zu liegen. Die kleineren Wellen taten ihr Übriges, bewegten uns leise. Ich will nicht sagen, dass das mein Traum gewesen ist. Ich habe meinen Traum nie in Bilder gekleidet. Aber was soll man sagen, wenn man daliegt und tief bewegt wird, um einen ein schwarzer, gekräuselter Spiegel, und über einem ziehen Sternschnuppen rauchige Ornamente durch den Himmel?

»Was hast du vor?«, frage ich.

»Nichts«, sagt sie, »liegen.«

»Wirst du irgendwann aufstehen?«, frage ich, weil ich weiß, dass ich bald in meiner Wohnung nach dem Rechten sehen muss.

»Nein«, sagt sie, »ich werde hier liegen bleiben.«

Ich frage: »Wirst du noch da sein, wenn ich kurz weg gehe, ich bin gleich wieder da?«

»Keine Ahnung«, sagt sie und lächelt, während ihr Kopf von kleinen Wellen geschüttelt wird.

Also bleibe ich liegen, länger denn je. Meine Haut schrumpft, obwohl sie robust ist. Unsere Körper reiben einander, schlagen die Zeit im Takt der Brandung. Ich genieße es, und trotzdem wird der Schmerz immer größer.

»Ich liebe dich wie die Wellen«, sage ich irgendwann.

»Ich weiß«, sagt sie, »geh nur hinauf in deine Wohnung.«

Am achten Tag halte ich es nicht mehr aus. Ich gieße Milch in meinen Kaffee, streiche Orangenmarmelade auf den Toast. Ich mache ein Bier auf, das ich nicht trinke. Ich hole den Staubsauger aus der Abseite, stehe da mit dem Schlauch in der Hand und vergesse, was ich tue.

Dann bin ich wieder unten am Strand.

Frieden

Sie fängt wieder an zu keifen. Sie lehnt an der Hausbar und schenkt sich einen Wacholder ein, sie steht auf das Zeug. Ich sitze auf dem Sofa, starre den Kasten an, stelle den Ton lauter. Der Sprecher sagt, dass im Zentrum die großen Hotels getroffen worden sind. Im Hintergrund sieht man Krankenwagen herumfahren und Menschen mit Gasmasken. Leuchtspurmunition schießt über den grünlichen Himmel, die Tonqualität ist miserabel.

»Kannst du mal fünf Minuten die Schnauze halten«, blaffe ich, weil sie irgendeinen Scheiß über ihre Mutter keift oder über meine Mutter, was noch viel schlimmer ist. Sie schenkt sich noch einen ein.

»Lass mal das Gesaufe. Wenn du nicht so gottverdammt viel in dich hineinkippen würdest, dann wärst du auch nicht so verdammt dämlich und würdest so eine Scheiße labern.«

»Das musst du gerade sagen«, keift sie.

»Das musst du gerade sagen«, äffe ich sie nach. »Pass mal auf, dass dir das Zeug nicht die restlichen Hirnzellen wegschmirgelt.«

Ich ducke mich, weil sie das Glas nach mir wirft, das an der Strukturtapete zersplittert.

»Geht's noch«, brülle ich und werfe meinerseits die Fernbedienung nach ihr. Ich treffe sie voll auf die Stirn, das Ding schlägt mit einem trockenen Klack ein, aber sie kriegt eh nicht mehr viel mit wegen dem Alkohol. Sie schwankt, sie stößt die Tanne um, der Baum fliegt hin, liegt auf dem Teppich und blinkt blöde vor sich hin.

»Und wer nachher die Nadeln wegmacht, ist ja wohl mal ganz klar«, brülle ich.

»Toll«, brüllt sie, ihre Stimme überschlägt sich, »guck mal, was du wieder gemacht hast, verdammt, toll hast du das hingekriegt, du Sau.«

»Du Fotze«, brülle ich, »das muss ich mir von dir nicht anhören.«

Aus dem Schlafzimmer höre ich den Kleinen plärren. Der ist aufgewacht, das war ja klar. Der plärrt jetzt stundenlang in der Gegend rum, so eine Scheiße.

»So eine Scheiße«, brülle ich, »der Kleine ist aufgewacht. Vielleicht bewegst du mal deinen Arsch und stopfst dem das Maul. Oder brauchst du eine schriftliche Einladung?« Sie mault, was für eine Missgeburt ich bin und was sie alles mit mir machen will, aber dann schlurft sie trotzdem aus dem Zimmer, das ist der Mutterinstinkt, der ist stärker als ihr Wille, das ist wie bei den Tieren, einmal Kuh, immer Kuh.

Ich hole mir die Fernbedienung vom Teppich, ganz sicher bin ich auch nicht auf den Beinen. Gott sei Dank, nichts kaputt gegangen. Nur eine Batterie aus dem Fach geflutscht. Ich finde sie zwischen den Geschenken, dem Hundehalsband und dem Pürierstab. In der Glotze sieht man jetzt Panzer über die Hügel rollen, geiles Bild. Sie sind noch nicht zum Einsatz gekommen, erst heute Nacht soll es so weit sein, das schaffen wir auch noch, so lange kann ich noch warten.

Drüben im Schlafzimmer brüllt sie mit dem Kleinen herum, er solle das Maul halten usw.

»Haltet endlich mal die Fresse«, brülle ich, was mir eine gewisse Befriedigung bereitet. Dann zeigen sie noch mal die Bilder, wie der Jumbo über der Autobahn abgeschossen wird, das habe ich schon zigmal gesehen seit gestern, aber ich könnte mir das stundenlang anschauen. Man sieht sogar, wie Einzelne brennend aus dem Wrack fliegen, wenn man weiß, wo man hingucken muss.

Der Kleine plärrt und ich höre Klatschgeräusche, aber es wird auch nicht besser dadurch, die sind immer noch scheißelaut, die beiden.

Zwei Schwachköpfe reden jetzt im Studio und dazwischen

zeigen sie Bilder von der Pressekonferenz, das will ich nicht sehen. Ich schalte um, auf dem anderen Kanal sieht man das Atomkraftwerk und die Satellitenbilder, wie riesig die Rauchsäule schon ist. Sie kommt zurück ins Wohnzimmer und nimmt sich ein neues Glas. Ganz rot im Gesicht ist sie schon, bäh, sieht das scheiße aus. Sie mault, dass ich zu nichts gut bin außer fernsehen. Warum muss ich mir die Scheiße eigentlich anhören, sie kriegt den Mund gar nicht wieder zu, die ganzen Feiertage geht das schon so.

Sie zeigen jetzt die Bilder, wie die Kinder in den Fässern verbrannt werden. Ich schlurfe rüber zur Kommode und nehme das Bauset aus der Schublade, die Papers, die Schale und die Dose aus dem Urlaub mit dem Piece drin. Sie labert und labert, sie kommt zu mir rüber und schlägt mich in die Seite, aber ich ignoriere sie einfach. Mit dem Set setze ich mich zurück auf das Sofa. Ich bau mir erst mal einen, dann kann ich besser fernsehen, das ist gut für die Konzentration. Ich brösel das Piece über der Kerze ab, obwohl man das nicht machen soll. Sie versucht, den Baum wieder aufzurichten, aber sie kriegt es nicht hin, besoffen wie sie ist. Sie verheddert sich in den Kabeln von den Lichtdingern. Lametta bleibt in ihren Haaren hängen.

»Mann, siehst du scheiße aus«, gröle ich, »stell du dich doch als Baum auf, schlechter als der machst du das auch nicht.«

Sie hockt plötzlich da und schluchzt vor sich hin. Ich stecke mir die Tüte an. Sie schaut mich mit tränenverschmierten Augen an, sie hätte sich das alles anders vorgestellt.

»Egal«, sage ich, »ist halt so. Komm.« Ich halte ihr die Tüte hin, das ist mal eine versöhnliche Geste, normalerweise darf sie nicht mitrauchen, deswegen trinkt sie auch soviel. Sie setzt sich neben mich auf das Sofa und nuckelt an der Tüte.

»Aber ohne Spucke«, sage ich und klapse auf ihren fetten Oberschenkel. Sie lächelt zufrieden.

Dann sitzen wir beide nur noch da und stecken die Köpfe zusammen. Im Fernsehen kommt Werbung. Ich schalte um, damit wir was Ordentliches sehen. »Guck mal«, sagt sie, »sieht ja fast aus wie bei uns.« Sie ist so bescheuert, aber ich sage nichts, weil ich inhaliere. Trümmer vom Flugzeug haben das Altenheim platt gemacht, es gibt nur Fotos. Sie zeigen, wie welche auf der Hauptstraße zu fliehen versuchen. Zwei sind nackt, denen hängt der ganze Rücken herunter. Sie ist still geworden neben mir, vergisst fast das Rauchen. Der Kleine meckert drüben leise vor sich hin, soll der doch meckern, ist jetzt auch egal. Schön ruhig ist es, wenn niemand keift.

Maria vom See

Wenn ich die Augen schließe, sehe ich manchmal Johannas Gesicht vor mir, ich sehe, wie sie hier am Ufer des Sees spielen würde, und dann bin ich kurz traurig, dass sie nicht dabei ist und ich alleine mit Mama und Papa bin. Das geht mir nicht nur hier so, sondern auch in Hamburg, wo wir wohnen. Ich schließe die Augen und bin kurz weg, muss an Johanna denken, an Dinge, die sie gesagt hat, oder Sachen, die sie gemacht hat oder die sie machen oder sagen würde. Johanna ist drei Jahre jünger als ich, oder war, müsste ich sagen, aber das geht nicht. Für mich ist sie immer noch da, ich passe immer noch auf sie auf, irgendwie. »Du bist doch der Große«, hat Mama immer gesagt, »du musst auf sie aufpassen, das gehört zu den Pflichten, wenn man ein großer Bruder ist.« »Hm«, habe ich dann gesagt, und ich fand es eigentlich nicht schlimm, denn ich war auch stolz, schon groß zu sein, und sie ist keine kleine Schwester, für die man sich schämt. Ich finde es schlimm, dass sie nicht da ist, dass wir uns nicht angucken können, wenn sie wieder Sachen zueinander sagen mit den bitteren Stimmen, wenn sie sich Vorwürfe machen. Wir würden Grimassen ziehen und die Augen verdrehen. Johanna ist ein Mädchen, das alles mitmacht, das keine Angst hat und sich nicht vorsieht, das mit mir weit auf den dunklen See hinausschwimmen würde, das den Berg emporrennt und Steine in die Abgründe schmeißt, aus denen man tief einen Bach gluckern hört, den man nicht sieht. Das sich freut, wenn man die Steine in der Tiefe aufschlagen hört.

Jetzt bin ich alleine mit ihnen.

Vor einer Stunde sind wir an einer Kirche vorbeigekommen, die der heiligen Jungfrau Maria geweiht ist. Es muss ein katholischer Feiertag sein oder so, ich kenne mich nicht aus mit Katholizismus. Da wo ich her komme, sind die Leute evangelisch, und in anderthalb Jahren werde ich konfirmiert. Jedenfalls war die Kirche voll mit katholischen Frauen, die alle geschluchzt und gesungen haben, gesungen und dann wieder geschluchzt und dann wieder gesungen, und dazwischen hat immer jemand gesprochen, der aber kein Pfarrer war, weil er nur ein grünes, kurzärmeliges Hemd anhatte, aber das war auf Italienisch und das verstehe ich nicht. Beim Essen kann ich *grazie* und *prego* sagen und *Aqua Minerale* und *Coca Cola*, obwohl das nicht wirklich italienisch ist, Coca Cola. In der Kirche gab es eine kleine Nische in der Ecke, wir durften hinein, weil es kein richtiger Gottesdienst war, und ich musste das Basecap absetzen und gefaltet zwischen den Händen halten. Und in der Nische stand eine weiße Statue von der Jungfrau Maria, der Mutter Gottes, die den kleinen Jesus im Arm hielt, und ich frage mich, wie eine einzige Frau die Mutter von Gott sein kann, wenn Gott doch riesengroß und allmächtig sein soll und alles sieht und so weiter. Das sind so Sachen, die man im Konfirmationsunterricht nicht fragen kann, weil der Pastor sonst einen verkniffenen Zug um die Mundwinkel bekommt und sagt, dass man halt glauben soll, dass das eben das Wunder des Glaubens sei, dass man bestimmte Sachen nicht fragt. Einmal habe ich ihn gefragt, ob es ein Symbol ist, wenn man beim Abendmahl Jesus' Leib isst und sein Blut trinkt. Denn das kann ich mir nicht vorstellen, Jesus aufessen in einem Stück Esspapier. Aber der Pastor hat gesagt, »es ist kein Symbol, sondern wortwörtlich.« »Wie«, habe ich gesagt, »das ist doch eklig«, und die anderen haben gelacht. Der Pastor blieb ganz ernst und sagte mit diesem Zug um den Mund, die Oblate sei das Fleisch Jesu und der Wein das Blut des Heilands, es sei nicht symbolisch. Da habe ich nicht mehr weiter gefragt.

Hier laufen auch total viele Nonnen herum am See, wo unsere Pension ist, wie feierliche Pinguine in ihrer Tracht mit gefalteten Händen, und bei der Herfahrt ist eine Nonne in einer grauen Tracht in unser Abteil gestiegen, eine ganz junge Nonne noch, wo doch sonst immer ganz alte Frauen mit dem Heiland verlobt sind.

In der Kirche mit der Statue gab es einen Zettel in komischem Deutsch, auf dem stand, dass ein blindes und taubes Mädchen vor langer Zeit die Statue in einer Höhle gefunden hat, und dass ihr dabei die Jungfrau Maria erschien mit dem Jesus im Arm und auf sie heruntergelächelt hat, und anschließend konnte sie wieder hören und sehen. Ich frage mich bloß, was ein blindes und taubes Mädchen alleine in den Bergen verloren hat. Und heute steht an der Stelle, wo damals die Höhle mit der Statue drin war, die Kirche. In der Nische hingen Bilder mit der Jungfrau Maria drauf, selbstgemalte Bilder. Von Menschen, denen sie seither erschienen ist, denen etwas Schlimmes widerfuhr und die gerettet wurden. Auf einem Bild war ein Haus und über dem Haus Flugzeuge, aus denen Bomben auf das Haus fielen, weil Krieg war, aber über dem Haus schwebte die Jungfrau Maria und keiner wurde verletzt. Auf einem anderen Bild war ein Lastwagen, der von der Straße abgekommen war in den Bergen und in einer Schlucht auf dem Dach lag, und darüber die Jungfrau Maria. Und die Menschen, die die Unglücke überlebten, gingen gleich nach Hause und malten fromme Gemälde und hängten sie in die Kirche, damit die anderen Menschen Zeugen ihrer Wunder sein konnten. Und jetzt kann man in der Nische eine Kerze anzünden und ein Gebet sprechen, in dem man die Mutter Maria um ein Wunder oder eine andere Hilfe bittet. Eigentlich glaube ich nicht an so Zeug, aber in der Kirche habe ich an Johanna gedacht und mir von Papa Geld geliehen und eine Kerze angezündet und die Jungfrau Maria etwas zu Johanna gefragt und gebetet und mich geschämt dabei.

Ich bin nicht gläubig, glaube ich, aber den Konfirmationsunterricht mache ich trotzdem nicht nur wegen des Geldes.

Die Bilder von den Leuten waren übrigens ganz schlecht gemalt, nicht wie die Bilder sonst in den Kirchen, als hätte man Ölfarben an Kinder vom Behindertenkindergarten ausgegeben.

Und jetzt frage ich mich, ob ich nicht auch noch eine zweite Kerze hätte anzünden sollen, für Mama und Papa, damit sie zusammenbleiben.

Wir machen eine Wanderung, den Berg hoch. Heute Morgen sind wir ganz früh aufgebrochen. In der Pension hat Mama zusätzliches Obst und Brötchen vom Frühstück mitgenommen und in Papierservietten eingewickelt, was Papa unangenehm war und mir auch, als würde man den anderen das Frühstück klauen. Und dann haben wir den Weg hinter dem Dorf genommen, der in die Berge führt und hinauf zu der katholischen Kirche mit den singenden Frauen. Aber das ist jetzt schon eine Weile her. Nach der Kirche wurde der Weg zu einem Pfad, der sich steil den Berg hochwindet. Wir haben alle unsere Wanderschuhe an, die den Gelenken Halt geben. Wandern kann man nicht mit normalen Turnschuhen, weil die Gelenke Halt brauchen im Gebirge. Und ich bin schon in Hamburg in meinen Wanderschuhen herumgegangen, obwohl die eigentlich uncool aussehen, damit ich keine Blasen bekomme. Und auf dem Spielplatz in der Molkenbuhrstraße habe ich das Aufwärtsgehen an der Rutsche geübt. Ich weiß, dass das peinlich ist, dass ich eigentlich zu alt für den Spielplatz bin. Aber seit der Sache mit Johanna hänge ich da sowieso manchmal rum, ich sitze auf der Bank und tue so, als würde ich lesen, ich schaue mir die Kinder beim Spielen an, es darf mich bloß keiner sehen von den anderen. Jedenfalls habe ich jetzt keine Probleme beim Gehen, aber Mama hat welche. Sie hätte vielleicht mit mir üben sollen auf dem Spielplatz. Mama ist total langsam. Immer wieder bleibt sie stehen und jammert über ihre Füße. Sie hat sich Pflaster auf die Hacken geklebt, aber sie hat trotzdem Blasen bekommen. Und Papa ist genervt, weil er nicht umkehren will, sondern noch vor dem Nachmittag das verlassene Kloster in den Bergen erreichen, wie geplant, und weil er uns gewarnt hat mit den Blasen und den Wanderschuhen und weil er seine sogar in der Firma angezogen hat. Jetzt geht Papa voraus und ich in der Mitte und Mama jammert hinter uns her. Sie geht mit ganz kleinen Schritten, und Papa muss immer warten und sagt: »Siehst du«, oder: »Ich habe es dir ja gesagt.« Und jetzt sagt er schon seit einer Weile gar nichts mehr, sondern guckt nur noch zu den Wipfeln der Tannen und Esskastanien hoch, die hier wachsen. Ich könnte genauso schnell sein wie Papa, weil ich jünger bin als er und noch nicht rauche. Ich könnte ihn glatt überholen und als Erster beim Kloster sein. Aber was soll ich machen, einer muss ja da sein zwischen ihnen, weil wir eine Familie sind und weil ich will, dass wir gemeinsam oben ankommen am Kloster. Erst hat es mir noch Spaß gemacht, das Wandern. Bergauf kann man nur total langsam gehen und man kommt trotzdem ins Schwitzen und der Atem geht schwer und die Sonne brennt auf einen herab und die Bremsen lassen sich auf der nassen Haut nieder, aber man hat das Gefühl, etwas Wichtiges zu tun, weil es so schwer ist. Und immer wieder kommt man um eine Ecke, und gerade war noch Wald da, dichte Büsche und Tannen, und auf einmal tut sich der Wald auf und man steht da am Hang, am Abgrund, und kann ganz weit unten den See sehen, man ist schon wieder ein ganzes Stück höher, und unter sich sieht man klitzeklein die Wallfahrtskirche stehen, in der gerade jetzt die Katholiken weinen.

Mama sagt, wir sollen ruhig vorgehen, wir sollen keine Rücksicht auf sie nehmen, das tun wir ja sonst auch nicht, sie kommt schon alleine zurecht, das kommt sie sonst ja auch. »Macht ruhig euer Ding«, sagt sie. Und Papa sagt nichts, sondern zieht an seiner Zigarette. Er hat gewartet und sitzt auf einem Stein und schaut ins Tal. »Komm«, sagt er jetzt und wirft die Zigarette weg, »Marie, stell dich nicht so an.« Wenn

Johanna dabei wäre, könnte sie an Mamas Hand gehen und ich wäre vorne bei Papa, dann würde es nicht so auffallen. Dann würde Johanna weinen über ihre Blasen, damit Mama die Große, Starke sein kann, obwohl Johanna vermutlich nur so tun würde, als käme sie nicht mit Blasen an den Füßen zurecht. Dann wären wir zwei Teams, die Männer und die Frauen, dann würde es funktionieren. Aber so hängt es an mir, jetzt muss ich die Sache zusammenhalten.

Nachts in der Pension ist es am schlimmsten, wenn wir in unseren Betten liegen. Wir haben ein Zimmer mit Balkon hinaus auf den See, eigentlich total schön, aber es ist auch peinlich, ein gemeinsames Zimmer, weil ich zu alt bin, finde ich, um im Elternschlafzimmer zu schlafen. Eigentlich habe ich ein eigenes Zimmer verdient, und wenn Johanna da wäre, hätten wir ein Zimmer zu zweit, dann würden wir die ganze Nacht in unseren Betten liegen und reden, bis es langsam hell wird vorm Fenster. Nachts liegen wir da, alle drei wach, und können oder wollen nicht schlafen. Zwei Betten stehen zusammen, das sind die Elternbetten, und meines steht etwas abseits an der Wand unter einem gestickten Bild vom See und von den Bergen. Und trotzdem bekomme ich genau mit, wenn sie da sitzen im Dunkeln, Papa mit dem Rücken an der Wand und Mama eingehüllt in ihre Decke, wenn sie sich anzischen. »Nicht so laut«, zischt Papa, und Mama spricht mit einer ganz hohen, weinerlichen Stimme. Ich tue so, als würde ich schlafen, ich höre über ihr Gezische hinweg. Ich höre dem Bach zu, der neben der Pension in den See mündet, und ich höre die Amerikaner reden, die noch draußen an den Tischen sitzen. Darin habe ich Meisterschaft erreicht, im Am-Gezische-vorbei-hören, da könnte ich ganz schön stolz drauf sein. Zu Hause ist es nicht so schlimm, da habe ich mein eigenes Zimmer, aber hier bin ich noch zu jung, sagen sie. Außerdem können die beiden das eh nicht so gut, Zeit miteinander verbringen, aber daran kommt man im Urlaub nicht vorbei als Familie. Beim Abendessen sitzen wir da, draußen auf der Terrasse unter dem Vordach mit den Weinreben, man blickt auf den See und die Hänge und die Sonne geht unter. Und die anderen Jugendlichen gucken mich an und grinsen, die, die auf dem Fähranleger stehen und Zigaretten rauchen, weil ich alleine da sitze mit meiner Familie, als wäre ich noch ein Kind, ein Mama-und-Papa-Kind. Und manchmal sagt Papa etwas zu mir, »was machen wir morgen, Bootsmann?«, und manchmal fragt mich Mama, ob es schmeckt oder ob sie das Salz haben kann. Und an den anderen Tischen reden die Leute laut auf Englisch und Französisch, sie lachen und erzählen sich Geschichten, und bei uns ist es so, als hätten wir unter einer Käseglocke Platz genommen, die jedes Gespräch im Ansatz von der Tischplatte saugt.

Gestern haben wir einen Ausflug mit dem Boot in ein anderes Dorf unternommen. Das Dorf hatte kleine, verwinkelte Gassen und es gab eine berühmte Villa, in der einmal berühmte Menschen gewohnt haben. Man konnte sich die Einrichtung und Gemälde ansehen, es wurde eine Führung angeboten, aber die wollte Papa nicht mitmachen, weil das Geld kostet und die Führung auf Englisch war und das können Mama und ich eh nicht verstehen. Und dann war Papa immer schon im nächsten oder übernächsten Raum, weil Mama immer extra lange vor den Gemälden stehen blieb und sie ewig betrachtete, als wären es total interessante Botschaften persönlich für sie. Überhaupt bleibt sie überall viel zu lange stehen und sieht sich alles viel zu lange und genau an, länger als gut ist für die beiden, das kriege sogar ich mit. Immer kramt sie ihren Fotoapparat hervor und macht umständlich Bilder von tausend unwichtigen Dingen, nicht nur von den Kirchen und den Häusern und den Bergen, sondern auch von einem alten Schild über einem Häusereingang oder von einem Kaugummipapier auf dem Boden oder der Lehne einer alten Bank, Fotos, die sich später keiner ansehen will, ich ganz bestimmt nicht, und dann kann ich Papa sogar verstehen. Auf dem Boot hat Mama auf ihrem Sitz gesessen mit der großen Tasche auf dem Schoß und Papa stand vorne am Bug und ich lehnte hinten am Heck über der Reling und starrte ins von der Schiffsschraube aufgewühlte Wasser.

Nachts sitzen sie da und zischen sich an, und irgendwann steht Papa immer auf und sagt: »Lass, lass es doch, Marie.« Dann geht er hinaus auf den Balkon und raucht Zigaretten. Das war schon immer so, glaube ich, oder schon länger zwischen den beiden, sie haben schon immer gezischt, nachts, unten am Küchentisch, oder richtig laut gestritten. Aber richtig schlimm ist es, seit Johanna nicht mehr da ist.

Jetzt kann ich Papa nicht mehr sehen. Er hat aufgehört, auf uns zu warten. Dabei weiß nur er, wo es langgeht, er hat die Karte. Mama ist still geworden, sie jammert nicht mehr, langsam humpelt sie hinter mir den Pfad hoch. Ich habe überhaupt keine Lust mehr zu wandern, die Tannen werden höher und es wird dunkler auf dem Pfad. Ich wünschte, ich wäre sechzehn und könnte eine Jugendreise mit dem CVJM machen oder mit dem Fußballverein. Das Kloster kann mir gestohlen bleiben, überhaupt wollte ich nicht in die Berge, sondern ans Meer, da hätten wir nicht so viel Stress. Da könnten wir auf dem Bauch im Sand liegen und lesen, das heißt Mama und ich, wie früher, Johanna grübe Tunnel, baute Burgen im Sand, und Papa würde Spaziergänge am Strand machen für sich alleine und Zigaretten rauchen.

Ich frage mich, was wir machen, wenn Papa nirgendwo auf uns wartet. Wenn er einfach die Nase voll hat von uns. Wenn wir irgendwann beim Kloster ankommen, aber Papa ist nicht da, er ist weitergezogen in seinen Wanderschuhen über die Berge, um irgendwo ein neues Leben anzufangen. Wenn wir uns verlaufen, Mama und ich, und es irgendwann dunkel wird und wir uns ein Lager machen müssen im Wald und die wilden Tiere streichen um uns herum in der Dunkelheit.

Nicht einmal Feuer können wir machen. Ich sehe zwei großen, orangenen Schmetterlingen zu, die miteinander in der Luft tanzen, sie umkreisen sich, als würden sie miteinander spielen. Schmetterlinge bleiben sich ein Leben lang treu, glaube ich, dabei sind es Insekten. Insekten, die eine Ehe eingehen. Ich glaube, das habe ich in einem *Was-Ist-Was*-Buch gelesen, früher, als ich ein Kind war und noch Tierbücher las. Die Tannen werden weniger, links und rechts vom Pfad ist es felsig geworden, dicke Steinklötze liegen in der Gegend herum, und ich weiß, dass ich früher auf ihnen herumgeklettert wäre, Kletterfelsen, solche Felsen sind das. Johanna und ich wären über die Felsen geklettert, und ich hätte ihr gezeigt, wie sie richtig von Felsen zu Felsen springt, ohne abzurutschen.

Dann haben wir das Kloster erreicht, ganz plötzlich. Der Wald hört auf und das Kloster steht da. Große, graue, alte Steine. Ein Turm von früher und ein altes Steinhaus dabei. Und dafür haben wir uns den halben Tag den Berg hochgeschleppt. Papa steht hinter dem Kloster auf einer Wiese und schaut zum Gipfel hoch, eine sonnenbeschienene Wiese mit einem Kreuz drauf, ein ganzes Stück über uns. Er hat sein Hemd ausgezogen und um die Hüften geknotet. Er hat die Hände in die Hüften gestemmt. Er raucht. Ich setze mich auf eine Holzbank und sehe seinem Rücken zu, wie er dort steht. Dann kommt Mama herangekrochen, die Schnecke. Sie steht rechts von mir vor dem Kloster und atmet. Links von mir, etwas weiter entfernt, steht Papa. Mama lächelt mir zu. Sie schwitzt. Sie stellt die Tasche mit dem Picknick bei mir ab. »Puh«, sagt sie. Ich lächle Mama an, ich bin ja ihr Lieblingssohn. »Geschafft«, sagt sie. Ich zupfe mir einen Grashalm ab. Ich kaue auf dem Grashalm herum. Mama steht da und schaut sich das Kloster an.

»Schön, oder?«, sagt sie.

»Ja«, sage ich.

Dann kramt sie in der Tasche und holt den Fotoapparat

heraus. Sie macht eine Aufnahme vom Kloster. Dann macht sie ein Bild von mir, wie ich in der Sonne auf der Holzbank sitze und auf einem Grashalm kaue. Ich lächle auf dem Foto, so als wäre nichts. Dann hält sie sich den Fotoapparat vors Gesicht und wendet sich Papa zu. Sie hält den Apparat in Richtung von Papas Rücken, aber sie drückt nicht ab. Statt dessen legt sie den Fotoapparat neben mich auf die Holzbank. Sie zieht sich die Wanderschuhe aus. Ihre Socken haben sich an den Fersen rot gefärbt. Dann geht sie auf Socken durch das Gras zu Papa hinüber. Sie stellt sich neben ihn und stemmt ebenfalls die Hände in die Hüften.

Ich schaue den beiden zu, dann sehe ich die Kamera an, neben mir auf der Bank. Ich könnte ein Bild von den beiden machen, wie sie da stehen. Aber das tue ich nicht. Die beiden haben sich einander zugewandt. Sie stehen voreinander, voneinander getrennt, im Hintergrund die Berge. Ich könnte ein Foto machen. Die beiden reden. Es ist weit genug weg, dass ich die Worte nicht verstehen muss. Aber ich kann die Gesichtsausdrücke erkennen. Ich kneife die Augen zusammen, so dass das Bild unscharf wird. Da ist etwas rechts oberhalb der beiden in der Luft. Ich kneife die Augen noch enger zusammen. Erst sieht es aus wie ein besonders großer Schmetterling. Es schwebt, es flattert neben, über den beiden. Aber es ist kein Schmetterling. Das Bild wird schärfer, das Schwebende größer. Ich kann erkennen, dass es die Jungfrau Maria ist, die dort über ihnen schwebt. Sie lächelt auf die beiden herab. Dann hebt sie den Blick und lächelt mir zu, und ich kann nicht anders, ich muss das Lächeln erwidern. Mein Mund öffnet sich, der Grashalm rutscht heraus und trudelt auf den Boden. Die Jungfrau hält ein Kind auf dem Arm. Aber es ist nicht der kleine Herr Jesus. Die Jungfrau hält Johanna auf dem Arm, auch Johanna lächelt. Dabei ist sie eigentlich viel zu groß, um von der Jungfrau auf dem Arm gehalten zu werden. Sie lächelt auf die Eltern hernieder, dann blickt sie zu mir herüber und macht eine Grimasse, dass ich lachen muss. Ich weiß, dass es Quatsch ist, dass es nicht wirklich ist, dass es so etwas nicht geben kann. Schwebende Jungfrauen. Johanna. Ich weiß, dass es davon kommt, dass ich die Augen zu Schlitzen verengt habe, es liegt am Licht, das jetzt anders in meine Pupillen fällt. Ich öffne die Augen. Und jetzt schweben sie immer noch da, die lächelnden beiden.

Das Märchen von der Großen Liebe

Seit ich der Großen Liebe nicht mehr hinterherjage, seit ich sie eingefangen habe, im Morgengrauen auf einer Lichtung im Wald, sie an einem Strick hinter mir her zog – sie war ganz zahm – ist es ruhig in meinem Leben geworden. Die Große Liebe steht in einem Gatter unweit des Hauses, ab und an trabt sie ein wenig, ich spaziere hinüber, streiche über den Bast, der vom Gehörn hängt, und wir verlieren einander beim Blick in die Gegenseitigkeit unserer Augen.

Ich jage nicht mehr. Was soll ich noch jagen? Ich habe eine Köchin, die mir morgens einen Topf Fischsuppe hinstellt. Ich habe ein schönes Haus mit weit ausladenden Fensterläden, die ich rot gestrichen habe. Ich habe eine gemütliche Garage, in die ich mich zurückziehe, wenn ich mir klein vorkomme. Ich habe meine Hunde Schitsch und Tschong, die meine Sprache nicht sprechen, aber so dumm sind, dass es sie nicht stört, wenn ich meine Witze mache. Ich habe einen Freund, einen großen Bengalen, der auf dem Dach unter einer Wolldecke wohnt und gegen Abend herunterkommt, um mit mir den Kasten anzustarren, keine Ahnung, was er den Tag über dort oben macht. Und ich habe meine Große Liebe auf der Wiese im Gatter. Was will ich? Was will man vom Leben, wenn man die Große Liebe eingefangen hat?

Früher war ich ein unruhiger Jäger. Meine Kluft hatte ich selbst entworfen und von der Großmutter einer Bekannten zusammennähen lassen. Es war die Zeit, als ich morgens um vier aus dem Bett kroch, um durch das Unterholz zu streichen.

Jetzt lehne ich versunken am Gatter und schaue zum Saum des Waldes hinüber. Die Stämme sind schwarz und der Himmel darüber rosa, blaue Vögel steigen über den Wipfeln steil auf, um sich anschließend in die Tiefe zu stürzen. Meine Hand ruht auf den Ponyfransen meiner Großen Liebe, sie atmet ruhig und blickt mich aus tiefen blauen Augen an, ich spüre das, ich brauche nicht hinzusehen, ich spüre ihren Blick.

Als ich sie kennenlernte, hielt der Wald den Atem an, das Rauschen der Kronen setzte aus, die Vögel verstummten und das Holz am Boden schwieg unter meinem Tritt. Als ich mit meinem Strick durch das Unterholz kroch. Es war eigentlich kein Strick. Eigentlich war es ein Band. Ich wusste selbst nicht, was ich damit wollte. Plötzlich stand ich auf der Lichtung und sie stand auch da. Ohne zu denken legte ich das Band um ihren Hals, ein Beben lief ihre Flanken hinab, sie schnaubte leicht, lichter Nebel stieg aus den Nüstern zu den Wipfeln empor, wie in jenem Zeichentrickfilm von Walt Disney, den er Ende der 60er Jahre von psychotischen Drogenessern in einer Anstalt zeichnen ließ.

Mein Telefon klingelt. Das Geräusch lässt die Große Liebe zusammenfahren, sie macht einen Satz, während ich das Gerät aus der Tasche klaube. Was für ein empfindliches Wesen, denke ich, mit diesen großen Ohren, bei denen man die Verästelung jedes Äderchens verfolgen kann, Ohren, durch die das Licht dringt. Es ist der Bengale.

Ich sage: »Ich bin am Gatter bei der Großen Liebe, was willst du?«

»Komm mit«, sagt er.

»Wohin?«, frage ich, »wo bist du?«

»Schau zum Haus«, sagt er.

Ich wende den Kopf und sehe den Bengalen keine 20 Meter entfernt vor der Haustür stehen, lächelnd mit dem Telefon am Ohr, er winkt mir zu.

»Komm«, sagt er, »der Wolf ist da, ich habe den Wolf gesehen, wir müssen uns beeilen.«

»Gut«, sage ich. Ich wusste, dass es irgendwann passiert. Müde sauge ich die taufrische Luft ein.

Zugegeben, ich bin träge geworden. Eigentlich bin ich kein rechter Jäger mehr. Es gibt nur zwei Dinge, die mir noch Freude bereiten. Das eine ist, am Gatter zu stehen und mir von der Großen Liebe das Salz von der Hand lecken zu lassen, ich habe oft salzige Hände. Das andere ist, den Kasten anzustarren, vor allem abends. Der Kasten steht auf der Anrichte in der Stube. Ganze Nächte sitze ich mit dem Bengalen davor. Ich habe ihn von einer Frau geschenkt bekommen, einer Frau mit roten Locken, die mir sagte, im Inneren befände sich ein Geheimnis. Wir sind einmal in den selben Bus gestiegen, da hat sie mir den Kasten geschenkt, als ich ihr den Vortritt ließ.

»Willst du den Kasten nicht öffnen, willst du das Geheimnis nicht lüften?«, fragt der Bengale, er fragt es mich oft.

»Nein«, sage ich, »du weißt warum. Es ist dann bloß noch ein Kasten, ein simpler Holzkasten, ohne ein Geheimnis. So ist der Kasten das Geheimnis selbst, er ist die Quintessenz aller Geheimnisse.«

»Du bist kein Jäger mehr«, sagt der Bengale. »Ein Jäger will es immer genau wissen, er öffnet die Haut der Dinge mit seinem Messer und wühlt in den Eingeweiden herum.«

Wir kriechen durch das Unterholz, der Bengale und ich. Der Wolf ist da, ich habe es kommen sehen. Der Bengale hat ihn vom Dach aus entdeckt, wie er im Schutz des Waldrandes hockte und sehnsüchtig mit triefenden Lefzen zum Gatter hinübersah. Er traute sich nicht heran, unsere Anwesenheit hielt ihn ab. Der Wolf hat es auf die Große Liebe abgesehen. Jeder hat es auf die Große Liebe abgesehen. Er will sie reißen und ihr Blut trinken. Ich seufze und ziehe meine Kluft an, die nach Mottenpulver riecht. Ich nehme ein weiteres Band vom Haken in der Küche, ein rotes aus Samt mit aufgestickten Wackersteinen und einem Brunnen. Wir kriechen, der Bengale und ich, und das Holz knackt laut durch den Wald.

»Wolf«, rufe ich, weil es dunkel geworden ist und man die Hand nicht vor Augen sieht. Außerdem habe ich die Lust schon verloren. Ich bin aus der Übung, was das Jagen anbelangt. Früher hat es mir noch Spaß gemacht.

»Wolf«, brülle ich ins Dunkel, ohne Resultat, was mir klar ist. »So fängt man ihn nicht. Weißt du das denn nicht«, sage ich zu mir, »hast du denn alles verlernt?«

»Scheinbar«, antworte ich.

»Wie fängt man ihn denn, den Wolf?«, fragt der Bengale, der an meiner Seite kriecht.

»Man muss eine Falle konstruieren«, sage ich. »Den Wolf fängt man mit einer Falle. Man muss ihn locken, sonst lässt er sich kein Band umlegen.«

»Womit lockt man ihn denn«, fragt der Bengale.

»Setz dich«, sage ich. »Setz dich hier an den Baum und warte. Ich bin gleich zurück, ich muss nur schnell zum Haus, ich habe den Köder vergessen.«

»Gut«, sagt der Bengale und setzt sich neben einen Baum, »ich sitze hier und warte, aber beeile dich bitte, ja?«

»Ja«, sage ich, »klar«, und schleiche mich fort, zwei Schritte nur, denn ich habe meinen Köder schon gefunden, mein Freund neben dem Baum ist es, sein bengalischer Duft wird den Wolf leichtsinnig machen. Ich schleiche zu einer Tanne und verkrieche mich in ihr. Ich weiß, dass der Wolf längst da ist, er ist um uns herum, er lauert, ich kann ihn riechen, spüren, mir stehen die Haare zu Berge, ein untrügliches Zeichen für die Anwesenheit von Wolf.

»Hallo«, sagt der Wolf. Er sagt es zum Bengalen. »Na, du«, sagt er, »bist du alleine?«

Der Wolf hat eine angenehme Stimme, eine sehr, sehr angenehme Stimme, tief und warm wie ein Moorbad. »Rück mal ein Stück«, sagt er, »dann sitzen wir nebeneinander hier im Dunkeln an den Baum gelehnt, romantisch, oder?«

»Oh«, macht der Bengale.

Da komme ich ins Spiel. Aus meiner Tanne heraus lege

ich dem Wolf das Band um den Hals, es geht sehr schnell. Bevor er beißen kann, ziehe ich die Schlinge zu.

»Mist«, zischt der Wolf.

»Tja«, sage ich.

»Uff«, macht der Bengale, »ich hätte nicht gedacht, dass du es noch kannst.«

Zu stolz, um etwas zu erwidern, lege ich den Kopf in den Nacken und lasse in meinen Augen die Sterne leuchten.

Still und einträchtig kehren wir zum Haus zurück. Uns dreien ist klar, wer diese Jagd gewonnen hat.

»Vertraust du mir?«, frage ich die Große Liebe, am Gatter stehend. Es ist wieder hell geworden, eine Morgendämmerung wie einst, und sie sieht mich aus ihren moosgrünen Augen an, sie sagt nichts, sie hat noch nie gesprochen. »Du kannst mir vertrauen«, sage ich und streiche über ihre Flanke. Ich bin nicht sicher, was zittert, ob es meine Hand ist oder sie.

»Ich gehe jetzt«, sage ich und öffne das Gatter, lenke den Wolf hinein, halte ihn durch den Zaun am Band. »Vertrau mir«, sage ich und lasse sie noch einmal das Salz von meiner Hand lecken, »ich gehe jetzt, ich lasse euch allein.« Der Wolf stiert sie an. Für ihn gibt es nichts als sie, ihren Geruch, ihre Anwesenheit. Ich lasse das Band los, das auf den Rasen innerhalb des Gatters trudelt. Der Wolf macht einen Satz. Ich wende mich ab, mit einem Seufzen, ein müder Jäger, der die paar Schritte zum Haus hinübergeht, wo der Bengale vor dem Kasten sitzt und wartet.

Bonyabel

Manchmal, wenn es Nacht wird, setze ich mich in mein Auto und halte das Lenkrad fest. Manchmal reicht das schon. Manchmal muss ich den Wagen aber auch starten und Richtung Autobahn lenken. Das hat mit den Raststätten zu tun. Es sind die Autobahnraststätten, die mich anziehen. Wenn ich mich irgendwo auf der Welt zu Hause fühle, dann auf Autobahnraststätten. Das letzte Mal, dass ich geweint habe, war auf einer Raststätte.

Sie hatte sich zu mir an den Tisch gesetzt, ohne zu fragen. Ich schaute von meiner Wurst hoch und sie saß da. Gerade war ich noch mit Wurst angucken beschäftigt gewesen. Ich hatte die Wurst als Currywurst gekauft. Aber es war einfach eine Wurst mit Ketchup und etwas Pfeffer. Man könnte eine Geschichte alleine über Würste schreiben, dachte ich, die auf Autobahnraststätten als alles mögliche verkauft werden. Ich hatte sie noch nicht probiert. Neben der Wurst lagen ein Haufen Pommes und ein Salatblatt, ein verschrumpeltes, kleines Essen. Der Anblick streichelte den melancholischen Kloß in meiner Brust. Diese rostbraune Wurst neben den gelben Fritten und dem hellgrünen Salatblatt auf einem weißen Teller auf einem mattgrünen Tisch unter einer orangen Lampe, der Fußboden braun und gekachelt, das Fenster schwarz, etwas weiter Autobahnlichter, die durch die Nacht sausten. Ich war hier. Ich war nicht hier. Wenn ich hier war, war ich überall. Ich schaute auf und sie saß da. Sie sagte nichts. Sie hatte sich ohne zu fragen gesetzt. Sie guckte mir in die Augen.

»Schmeckt's?«, fragte sie.

Sie hatte ein kleines blondes Gesicht und große Augen. Sie kaute Kaugummi und guckte auf mein Essen. Sie erinnerte mich an ein Mädchen, mit dem ich zur Schule gegangen war. Das Mädchen hatte Melanie geheißen und braune Haare gehabt. Sie betrank sich bei jeder Gelegenheit, bei jeder Fete, jedem Klassenfest fand man sie mit einem Plastikbecher Sekt an der Bar. Sie trank gierig bis zu dem Punkt, an dem sie restlos betrunken war. Dann stand sie mit hängenden Armen am Rand der Tanzfläche, der Becher zu Boden gefallen, das Gesicht rot. Sie weinte. Sie schrie vor Trauer. Sie schluchzte und ihr Körper zuckte. Die Tränen liefen nur so ihr Gesicht herab. Andere Mädchen kamen, um sie zu trösten, aber sie ließ sich nichts sagen, sie wischte die Arme der anderen von ihrem Körper, als solle man sie nicht beim Weinen stören, als sei es eine sehr, sehr wichtige Angelegenheit. Lange habe ich nicht verstanden, was mit dem Mädchen los war, weil sie immer fröhlich schien, wenn sie nicht getrunken hatte. Dann fiel mir ein, dass sie jede Gelegenheit zum Weinen nutzen musste, um so fröhlich sein zu können, dass es zu ihrer Art von Glück gehörte. Jedenfalls erinnerten mich die beiden aneinander. Mein Gegenüber hatte eine Ahoi-Brause-Tätowierung auf der Schulter.

»Das weiß ich nicht«, sagte ich. »Ich habe noch nicht probiert.« Ich blickte die Wurst an, aber sie sagte mir nichts mehr.

»Meine Name ist Bonyabel«, sagte sie. »Ich bin nur so da.«

»Aha«, sagte ich, obwohl oder weil ich nicht gefragt hatte. Ich glaubte ihr kein Wort, ich glaubte ihr den Namen nicht.

»Und du?«, fragte sie. »Was machst du hier?«

»Ich bin auch nur so da«, sagte ich. »Es beruhigt mich.«

»Wie«, fragte sie, »meinst du das?«

Ich hätte ihr erzählen können, dass Autobahnraststätten für mich eine Art von Heimat darstellten, dass ich mich auf ihnen nicht so verloren fühlte, weil alles auf ihnen sich verloren anfühlt. Ich hätte ihr erzählen können, dass ich Raststätten aufsuchte, wie andere Leute Eurodisney besuchen. Dass ich auch gerne im Karstadtrestaurant aß, weil es den selben Effekt auf mich ausübte. Dass ich nur deshalb gerne Ausflüge zu Ikea unternahm, um durch die Scheibe in das Bälleparadies zu gucken oder mich in die Nichtraucherecke setzen zu können. Dass ich an diesen Orten zur Ruhe kam, weil sie wie nichts anderes das kleinbürgerliche Nest symbolisierten, in dem mich der Kuckuck abgelegt hatte. Aber das kam mir alles etwas viel vor für den Anfang, und ich wollte sie nicht beunruhigen.

»Keine Ahnung«, sagte ich. »Autobahnraststätten üben eine positive Wirkung auf mich aus.« Sie lächelte.

»Und du«, fragte ich. »Warum bist du nur so hier?«

»Sag ich nicht«, lächelte sie. »Es ist ein Geheimnis.«

Aha, dachte ich. Bonyabel.

Sie schaute von meinem Gesicht runter auf meine Arme. Sie schaute auf meine Brust und auf meinen Bauch. Ich nutzte die Gelegenheit und tat das Gleiche bei ihr. Was ich sah, beunruhigte mich. Es brachte mich aus dem Gleichgewicht. Es hatte etwas mit Rundungen zu tun. Ich räusperte mich, um unsere Blicke wieder einander zuzuführen. »Wie heißt du?«, fragte sie.

»Marius«, log ich, dabei heiße ich in Wirklichkeit Maurice.

Ich kann es nicht tun, überlegte ich. Zu Hause wartet meine Frau auf mich. Sie kennt diese Ausflüge von mir. Sie weiß, dass ich zwei, drei Stunden auf der Raststätte verbringe und die ein oder andere Wurst verspeise, dass ich dann nach Hause komme und ruhiger bin, dass ich wieder neben ihr auf dem Sofa sitzen kann, ohne im Wohnzimmer auf und ab zu gehen. Ich kann nicht mit Bonyabel ins Motel gehen. Es geht nicht. Sie würde es bemerken.

Bonyabel musterte mich aus runden Augen. Sie wollte es, man konnte es daran ablesen, ihre Augen waren präzise Messinstrumente. Ihre Hand bewegte sich auf der Tischplatte. Sie kam meiner auffällig nahe. Mein Blick rutschte erneut einen halben Stock tiefer. Sie sagte etwas, aber ich konnte nur die Lippen erkennen, die sich in Zeitlupe bewegten.

Ich stecke den Schlüssel ins Schloss. Bonyabel hält sich an meiner Schulter fest und kichert. Wir haben eine Flasche *Tropic Fruit* gekauft und schon im Auto getrunken. Ich mache das Licht im Zimmer an. Auf dem Teppichboden sind Rauten und die Vorhänge wehen ins Zimmer. Ich kann die Autobahn rauschen hören und weiß, dass ich gut einschlafen werde. Autobahnrauschen beruhigt, es ist besser als Pappel- oder Meeresrauschen, die höchste Stufe von Rauschen, Kunstrauschen. Bonyabel wirft sich aufs Bett, dabei rutscht ihr Rock hoch. Sie hat eine weiße Nylonstrumpfhose an. Die Überdecke ist aus grünem Cord. Ich will nicht wissen, wer oder was bereits auf diesem Cord zu liegen gekommen ist. Ich sehe das Waschbecken an. Ich sehe zum Fenster hinüber, hinter dem es schwarz ist, von dem ein schwarzer Luftstrom ausgeht, der mich erfasst und zum Bett hinüberweht. Ich bin auf einmal leicht geworden, leicht und weich zugleich. Ich trudele durchs Zimmer, dem Cord entgegen. Und dann gibt es nur noch rosa. Rosa und weich fängt es mich auf. Es umspült mich. Alles um mich herum ist rosa. Ich lebe im Inneren einer gezuckerten Grapefruit. Vielleicht schreibe ich einmal eine Postkarte von dort.

Man kann nicht einfach so seine moralischen Grundsätze über Bord werfen, dachte ich. Wozu gibt es denn so etwas, Moral? Doch nicht zum Wegwerfen. Ich kann es nicht tun. Ich saß über einer erkalteten Ketchup-Wurst, um mich herum war Raststätte. Mir gegenüber saß eine Frau mit Tätowierung und blonden Locken. Ihr Name war Bonyabel und ich kannte sie nicht richtig. Ich habe doch alles, was ich brauche, dachte ich. Gefühle sind wichtiger als Sex. Ich musste an meine Frau denken, die ich bei einer Führung durch ein Marmeladenmuseum kennengelernt hatte. Ich wusste, wie es enden würde. Von dem Moment an, wo ich nachgeben würde, ginge es nur noch bergab. Ich musste stark bleiben. Ich dachte an Sisyphos, der seine Kugel den Berg hochschiebt.

Brauchst du die Erfahrung des Gipfels noch, fragte ich mich. Du weißt doch, dass es danach schal ist und du in fremde Augen blickst, die dir nichts mehr sagen, dass du sie loswerden willst und nach Hause hinter den Ofen, um dort ein gutes Buch zu lesen, das von Keksen und Marmelade handelt. Musst du deine Kugel wirklich über den Gipfel schieben, Raststätten-Sisyphos? Du weißt doch, dass der Anstieg das Beste ist.

Als Kind hatte ich einen ausgeprägten Hang zum Guten, ich konnte nicht anders. So etwas sucht man sich nicht aus. Ich schaute meine Pommes an. Ich schaute meine Wurst an. Das Beste ist der Gipfel und du weißt es, flüsterte es.

Ich gebe mich geschlagen, dachte ich. Ich nehme jetzt ihre Hand und wir fahren in dieses gottverdammte Motel. Vielleicht ist es besser so, und man darf auch nicht immer so streng mit sich sein. Man muss auch mal fünfe gerade sein lassen.

Ich packte ihre Hand und sah ihr fest in die Augen.

»Endlich«, sagte Bonyabel. »Das hat ja ewig gedauert.«

Sie meinte nicht mich, sie guckte über meine Schulter hinweg. Ich drehte mich um und schaute den Mann an, der hinter mir stand. Hinter mir stand ein Mann mit einem Schnurrbart im Gesicht, wie ich ihn gerne getragen hätte, mit einem dünnen Strich von einem Schnurrbart, wie ich ihn trüge, wenn ich mich trauen würde. Aber ich traute mich nicht, wie so oft im Leben. Immer waren es andere Menschen, tätowierte Menschen, die die Dinge taten, die ich mir vorstellte. Er war imposant tätowiert, dieser Mensch, das konnte ich an seinen nackten Muskelarmen ablesen. Er war auf der Toilette gewesen, schätzte ich.

»Komm«, sagte er, ohne auf mich herabzublicken und, »wer ist der Typ?«

»Ich weiß nicht«, sagte sie. »Er hat sich zu mir gesetzt. Willst du noch einen Kaffee?«

»Nein«, sagte er. »Komm.«

Sie stand auf, ohne etwas zu sagen. So wie sie sich hingesetzt hatte. Wortlos, wie sie in mein Leben getreten war. Sie ging den Gang entlang und ließ ihren Hintern winken.

»Pass besser auf, zu wem du dich an den Tisch setzt«, knurrte es in mein Ohr. »Könnte ja sein, dass nicht alle so nett sind wie ich.« Er beugte sich vor mein Gesicht. Sein Blick ging durch meine Augen direkt in mein kleines, zuckendes Herz. Ich sehnte mich plötzlich nach einem Ofen, nach Marmelade und Keksen. Ich griff nach meiner Gabel, weil ich mich an etwas festhalten wollte. Ich piekste in die Pommes und steckte mir eine in den Mund. Ich schmeckte nichts. Ich schaute ihnen nicht hinterher.

»Es ist keine Niederlage«, sagte ich laut vor mich hin. »Es ist nichts passiert. Ich habe nachgegeben, aber es war auch nicht einfach. Ich habe tapfer gekämpft. Es ist keine Niederlage.« Ich schaute mich in der Raststätte um. Eine dicke Frau in einem kanariengelben Jogginganzug schob ihr Tablett in den Abräumwagen. Auf einem Schild über ihr stand: *Vom 21. November bis zum 16. Dezember Elvis-Wochen*. Ich biss von meiner Wurst ab. Zu meiner Überraschung schmeckte sie großartig, kalt wie sie war.

Tamara

Tamara ist 17. Sie hat kinnlange, erdbeerblonde Haare und ein Gesicht wie Charlie Brown. Sie ist überhaupt nicht mein Typ. Sie sitzt auf dem schmutzigblauen Teppichboden meines Zimmers und sieht unglücklich aus. Ich sähe auch unglücklich aus an ihrer Stelle, so jung und so weit weg von Zuhause und keine Ahnung, was ich hier mache, auf diesem Teppichboden. Ich bin 25 und nicht verliebt in sie. Ich bin verliebt in Claudia, das ist auch eine Polin. Und auch 17 Jahre alt. Aber sie ist nicht hier, sie ist 1000 Kilometer weit weg in Masuren. Ich weiß nicht, in wen Tamara verliebt ist. Sie ist hier, weil Iggy ihr ständig erzählt hat, dass er sie liebt. Als wir noch in Masuren waren. Iggy stammt aus Masuren. Er ist Maler und hat uns mitgenommen in seine Heimat. Ich liebe dich, ich liiiieeebe dich, hat er gesäuselt und gelacht und sich auf den Gehweg fallen lassen, sich vor Tamara gewälzt und gekläfft wie ein Hund. Und Tamara hat das irgendwie gefallen, sie hat gekichert, und dann hat sie sich mit nach Hamburg nehmen lassen von ihm und seinen Jungs, ist mitgekommen, eingequetscht zwischen uns im Auto. Iggy ist über 40 und komplett unwürdig, deshalb mag ich ihn irgendwie. Tamara spricht kein Wort Deutsch und kein Englisch. Ich spreche kein Polnisch. Sie spricht ganz gut Französisch, weil sie einen französischen Cousin hat, den sie einmal länger besucht hat, wenn ich sie richtig verstehe. Ich hatte Französisch in der Schule, aber von meiner Seite aus ist die Unterhaltung immer gleich nach zwei Sätzen zu Ende. *La famille Leroc est assise à la table. La cloche sonne. En France les grandes vacances commencent le premier août.* Sie sitzt vor mir, ich knie vor ihr, und sie sagt polnische Sachen, die sehr traurig klingen, mein Französich ist schon wieder an sein natürliches

Ende gelangt. Ich sitze da und sehe jetzt bestimmt auch traurig aus, ich sage deutsche Sachen, und mich kann ich wenigstens verstehen. Ich sage Sachen in einer Stimme, mit der man zu verängstigten Tieren spricht: »Jetzt sitzt du da, und wir verstehen beide kein Wort, so eine Scheiße, hm«, und dabei lächel ich sanft. Ich will noch nicht mal mit ihr ins Bett, das kommt mir gar nicht in den Sinn, das würde mir noch fehlen. Jetzt hab ich sie eh schon an der Backe. Und außerdem bin ich tödlich in Claudia verliebt, die mich abserviert hat. Claudia mit den langen, roten Haaren. Den großen, dunkelblauen Augen. Dem schmalen, bleichen Gesicht. Mit dem blassblauen Kornblumenkleid. Den dünnen Beinen in der weißen Strumpfhose. Den Clogs an den Füßen. So eine Kacke. Claudia, die ein paar Brocken Englisch spricht. Sie hat mir beigebracht, was *Volleyball* und *ich liebe dich* auf Polnisch heißen. Dabei haben wir Pansensuppe gegessen, und ihre Freunde haben mich mit großen Augen angeguckt. Ich habe sogar bei ihr im Zweiquadratmeter großen Plattenbautenhochhausmädchenzimmer gestanden, ihre Stofftiere auf dem Bett, ihr Vater mit Glatze und Schnauzbart im Nebenzimmer, jenseits einer Wand so dünn wie Packpapier. Ich durfte sie küssen, die Hand auf dem Busen. »I'm a creep«, habe ich zum Abschied gesagt. Und jetzt Tamara, die mich wenigstens an Polen erinnert, auch wenn es weh tut, ein menschliches Souvenir.

Ich sehe mich alleine auf der Dachterasse sitzen, eine Zigarette zwischen den Fingern. Ich vollführe große Bögen mit dem Arm, schaue dem Lichtpunkt nach, die einzige Attraktion in einer einsamen Nacht. Die Fledermäuse umschwirren das Haus, die Zikaden singen, ferne motzen die Hunde. Ich bin in Polen, ich wohne in dem Haus, das Iggy einmal zu bauen angefangen hat, das niemals fertig geworden ist. Ein rohverputztes Haus ohne Fensterscheiben, in dem es nicht mal fließend Wasser gibt, nur einen Wasserhahn im verwilderten Garten, mit einer abschließbaren Haustür, immerhin. Ein Haus voller Bücher und Bilder. Tagsüber habe ich mir einen runden Turm angesehen, den die Deutschen gebaut haben. Da hatte der Ort noch einen deutschen Namen, Glücksburg oder so. Heute heißt er Gizycko, das heißt Grützwurst, und der Umstand hat etwas mit Geschichte zu tun. Claudia hat keine Zeit für mich, sagt sie. Wie bei einem Börsenticker kann ich in ihren Augen ablesen, wie mein Marktwert ständig sinkt, seit ich alleine zurückgekehrt bin zu ihr, nach dem wir schon in Hamburg waren, die Freunde, Tamara und ich. Weil ich es nicht aushielt und alleine erneut ins Auto sprang. Jetzt bin ich zurück, ich triefe vor Liebe, ich ziehe sie gallertartig hinter mir her, und die Leute machen Platz und sehen mir voller Abscheu nach. Ich bin verliebt, ernsthaft, wie eklig, keine Chance bei Claudia, die Liebe tickert in den Keller.

Ich liege auf einer staubigen, alten Matratze in diesem Schatten von Haus, es knackt und knirscht aus einem menschenleeren Erdgeschoss, und ich denke daran, wie Tamara weit entfernt in meinem Zimmer sitzt.

Iggy hatte sie mitgenommen in sein Atelier, nicht in die Wohnung. In der Wohnung saß ja schon Melissa mit dem kleinen Marlin. Melissa ist schwarz und Capoeira-Tänzerin und versteht keinen Spaß in Frauendingen. Das hatte sich Iggy nicht so richtig gründlich überlegt, als er immer wieder »ich liiieebe dich« gesäuselt und Tamara zum Mitkommen überredet hat. »Komm mit, komm mit«, hat er in ihr Ohr geflötet, die armeTamara. Sie hatte sich das alles ganz toll vorgestellt. Ein erwachsener Mann, der sie liebt, und dazu noch im Westen. Und dann sitzt sie im feuchten Atelier mit Iggy, Axel und mir, und plötzlich geht die Tür auf und Melissa steht da mit brennenden Augen, die realer sind als alles, was Hintergrund ist um diese Frau. Wie bei einem heißen Sommertag, wo alles flimmert und flirrt vor Hitze.

Der Moment wird geröstet, wir alle sitzen unendlich gedehnte Augenblicke da, es werden Blicke umhergereicht wie gedörrte Feigen. Wir blicken Melissa an, Melissa guckt von einem zum anderen, ich gucke Iggy an, Tamara. Tamara sucht irgendwo Halt und Hilfe mit Blicken. Dann bricht das Unwetter los. Melissa ist klein, aber breit und kräftig, sie schreit, sie brüllt und geht auf Iggy und Tamara los, sie schlägt, tritt und zerrt an Haaren und Kleidungsstücken. Wir versuchen, dazwischenzugehen, Axel und ich, aber Melissa schreit nur noch mehr, wir seien auch schuld, wir seien Komplizen. Dann geht das Licht aus. Melissa hat die Sicherung gefunden. Es ist stockdunkel und man hört nur ein tierhaftes Keuchen von Melissa und Tamara wimmern und die lächerlichen Beschwichtigungen von Iggy, »mein Täubchen, mein Täubchen«, dem das alles viel zu viel wird. Also schnappe ich mir Tamara und nehme sie mit hinaus, und Axel bleibt da, um Todesopfer zu verhindern.

Und dann sitzen wir auf meinem Teppich und wissen im Grunde beide nicht weiter.

»Komm, wir gehen spazieren«, sage ich, »lets go for a walk, on va faire un spaziergang«, das verdammte Wort will mir nicht einfallen, *promenade* oder so, was weiß denn ich.

Ich schließe die Augen und sehe uns wieder in Polen, Axel, Iggy und mich, vor einer Woche waren wir noch zu dritt, herrliche Rituale. Irgendwann aufstehen, der Tag ist lang, ungewaschen ins Auto und ins Nachbardorf zum See. Axel erzählt von Traumexperimenten, die er nachts macht, wir essen dicke Bohnensuppe mit der gröbsten Wurst der Welt zum Frühstück, Iggy und ich gehen schwimmen, was ein Witz ist, weil der See drei Kilometer lang knietief bleibt. Und Axel liegt am Strand auf seiner Isomatte, Schlafexperimente. Später erzählt er: »Erst war ich in einem Hubschrauber, da war irgendetwas mit Spaghetti. Dann habe ich von Lovecraft geträumt, den habe ich als Kind gelesen. Er war hier, hier in der Gegend, er hat uns einen Auftrag gegeben, den wir nicht ausführen wollten, ich schon, aber die anderen nicht.«

»Welche anderen?«, frage ich.

»Keine Ahnung«, sagt er mit Blick in die Weite. »Störche«, sagt er, »schaut mal, fünf Stück.«

Da war ich noch attraktiv für Claudia, weil ein Gewinner aus dem Westen, noch neu und Charisma mit Freunden.

Abends pfiffen sich Axel und Iggy die Drogen rein, Pillen und Amphetamine von einem, der Deutsch sprach und sich extra für uns Wolfgang nennen ließ, er kam aus Warschau und verbrachte den Sommer am See. Es wurde Gras aus kleinen Glasrohren geraucht und Axel hatte sich angewöhnt, in d-Moll zu husten, hübsch. Techno war hier noch groß und ich sehe die beiden tanzen, Iggy und Axel, unter freiem Himmel im Regen selig lächelnd in der Morgendämmerung am See, irgendeine Party, und ich stehe am Rand mit verschränkten Armen und denke an Claudia. Und später zuckt und tanzt Axel weiter, obwohl er schon auf seiner Liege im Haus neben einem Stapel staubiger Bücher liegt, die Wirkung der Pillen, ich bin gefahren wie immer, und noch später schnarcht er rythmisch.

Axel und ich sitzen auf der Teerpappendachterasse und gucken in die Ferne, sechshundert Meter verwilderte Wiese bis zum Waldrand mit Störchen und Janitscharen darin, darüber ein wüster, grauer Himmel, den nachts die Fledermäuse behaupten. Und er erzählt von seinen früheren Experimenten mit Drogen, auch sogenannte Flaschenexperimente hat er gemacht, aber besonders angetan hat es ihm ein Experiment mit einem Kaktus, das er sein religiöses Erweckungserlebnis nennt. Wenn ich ihn recht verstehe, ist ihm damals Gott in Form eines Paares roter Augen erschienen.

»Ah«, sage ich und ziehe an meiner Zigarette.

Wir sitzen zu dritt vor einer Pizzeria namens *Gabriela* und essen Rotes mit Gelbem, aber ich kriege nichts hinein in mich, weil ich zu verliebt bin. Mir ist schlecht, es geht nicht. Ich habe seit Tagen nicht gegessen. Tamara geht vorbei, auch sie ist aus Warschau, wie eigentlich alle hier, eine Ferienschauspielertruppe für deutsche Rückerorberertouristen, und Iggy lässt sich vom Stuhl fallen und flötet: »Tamara, Tamaaaaara, erhöre mich!«

Auf dem Flohmarkt hat sich Axel ein 60er-Jahre-Schlagzeug gekauft und ich eine sowjetische Uniform, die mir nicht passt.

Tamara sagt etwas auf Französich, sie streicht mir sanft über das Gesicht, sie sieht mich milde lächelnd an, und mir fällt auf, dass sie mich tröstet, nicht ich sie. Ich muss gerade sehr traurig ausgesehen haben. Armes Ich, arme Tamara. Alle sitzen in der Fremde, wieso? Ich sitze vor einem teigäugigen, polnischen Mädchen, aber irgendwie bin ich immer noch eintausend Kilometer weit weg.

»Es gibt eine Marmelade, die so heißt wie du«, sage ich auf deutsch, »von Aldi«, sie versteht mich ja eh nicht.

Wir seufzen beide, dann müssen wir lachen. Ich bereite ihr das Nachtlager auf meiner Zweitmatratze, in der gegenüberliegenden Ecke des Zimmers. Wir liegen beide schweigend da, atmen, simulieren Schlaf, freundliche Schauspieler, es ist alles okay, mach dir keine Sorgen.

Am nächsten Morgen bringe ich sie zur Tür.

»Tscheschtsch«, sagt sie und lächelt traurig, hebt eine runde, bleiche Kinderhand. Mögen tu ich sie schon, irgendwie. Sie geht die Stufen zur Pforte hinab. Vielleicht ist sie besser dran als ich, denn sie sucht etwas, das sich finden lässt, wenn man 17 ist. Und Iggy ist vielleicht nur eine Art Trittbrett für sie, bestimmt.

»Tschetschtsch«, sage ich, »au revoir«, und ich komme mir klein vor. Ich bin 25 Jahre alt, acht Jahre älter als sie, aber viel verstehe ich auch nicht vom Leben, eher weniger als diese Marmeldade ohne Glas. Ich schließe leise die Tür, drücke das

Türblatt sorgfältig in den Rahmen. Dann lehne ich mich gegen die Wand und atme.

Vorher/Nachher

Sie hat gelächelt und seine Hand berührt. Bevor der Luftzug einsetzte. Da war noch alles in Ordnung. Jetzt steigt sie vor ihm in die Bahn, ein schlechtes Zeichen. Sie wählt einen Platz in der Mitte, obwohl sie weiß, dass er lieber hinten sitzt, wo er niemanden im Rücken hat. Zu Hause hat sie lange im Flur gestanden. Sie hat das Bild angestarrt, still und konzentriert. Wenn er sie ansprach, zuckte sie zusammen. Als hätte er sie geweckt. Das Bild heißt *Abendläuten*. In der Dämmerung stehen Mann und Frau auf dem Feld, ins Gebet versunken. Er hat da gestanden in seinen Schuhen, im Mantel. »Wir wollen gehen«, hat er gesagt. Mann und Frau bedanken sich für die Ernte des Tages, die in einem Korb vor ihnen liegt, ein paar Kartoffeln und Rüben, Fruchtbarkeit. In der Ferne am Horizont sieht man die Häuser des Dorfes und den Kirchturm. Darüber der rosafarbene, hohe Himmel, vorne die beiden einfachen Bauern. »Kommst du?«

Die U-Bahn ruckt, alle bewegen sich synchron, einmal nach rechts, einmal nach links. Das Geruckel verbindet. Es tut uns gut, etwas gemeinsam zu tun, hat er gedacht. Sie sind auf dem Weg ins Theater. Sie lächelt nicht, schaut auf ihre Hände. Nicht bloß fernsehen. Nicht bloß dasitzen mit den Händen um die Teetassen und sich gegenseitig Luftlöcher in die Gesichter starren.

Er hat ihr nicht von der Untersuchung erzählt. Wie der Arzt seine Hoden in die Hand nahm und sagte: »Zu klein«. Auf dessen Schreibtisch ein Schalke-04-Becher stand. Und an der Wand hing ein Poster der Arena *Auf Schalke*. Neben dem Becher stand ein gerahmtes Foto vom Sohn.

»Wie, zu klein?«, fragte er.

»Unter der Norm. Und ihr Sperma ist wässrig.«

»Scheiße«, sagte er.

»Braun ist es nicht«, sagte der Arzt.

Keine Kinder, nie, wie wäre das, müsste er sie fragen. Bislang hat er ihr bloß erzählt, dass er hingehen wird. Dass er den Mut aufbringen wird. Mal dir das aus, alle um uns herum zu dritt, zu viert, zu fünft, haben keine Zeit mehr. Und wir sitzen allein unterm Tannenbaum. Und im Altersheim bekommen wir keinen Besuch, weil keiner mehr da ist. Auf ewig einzig wir zwei, hältst du das aus? Nicht ewig, bloß bis wir tot sind.

Sie striche ihm tapfer die Tränen von der Wange. Macht nichts, würde sie sagen, wir schaffen das. Ich bleibe bei dir.

Am Hauptbahnhof steigen sie aus. Er folgt ihr die lange Rolltreppe hoch, wieder ihr Rücken. Vorbei an Menschen mit Spritzen im Arm, die hier nicht mehr sitzen sollen. Er legt ihr die Hand auf die Schulter. Es fühlt sich an, als berühre er etwas aus Styropor. Vielleicht ist es mein Arm, der sich so anfühlt, denkt er.

Als erstes tritt eine alte Frau an den Bühnenrand. Sie sagt, sie habe sich beim Umziehen nackt im Spiegel gesehen und es ekelhaft gefunden. Dann sieht man eine Frau um die dreißig, die dabei ist, ihren Freund zu betrügen. Sie hat es noch nie getan. Die beiden sind seit elf Jahren zusammen. Er schaut zu ihr hinüber, weil er die Spannung nicht aushält. Neben ihm pumpt ein Kraftwerk negative Energie in die Umgebung. Sie schaut der Frau auf der Bühne nicht zu. Sie schaut die eigene Hand an, die in die Sitzlehne gekrallt ist. Beide sitzen sie da, mit hochgezogenen Schultern, schauen ihrer Hand zu.

In der Pause sagt sie, dass sie etwas zu trinken kaufen gehe, ein Glas Prosecco. Für ihn ein Bier. Er fragt, ob er mitkommen solle. »Nein«, sagt sie. Er steht im Gang und sieht sich die Leute an, die aus dem Parkett strömen. Alles Eltern. Alle sind glücklich, weil ihre Kinder zu Hause im Bett liegen und der Babysitter preiswert ist, oder weil sie schon erwachsen sind und in englischen Städten studieren. Die Glocke tönt und er denkt, dass sie jetzt zurück sein müsste. So lange kann die Schlange nicht sein. Neben ihm unterhalten sich zwei über das Stück. Der Mann hat es nicht verstanden, wieso *Vorher/Nachher*, die seien doch mitten dabei, ihre Leben zu ruinieren. »So ist es halt«, sagt die Frau, »Liebe stirbt, so wie die Menschen sterben«, und der Autor hätte mit ihrer Schwester an der Falkenberg-Schule in München studiert. »Ach so«, sagt der Mann, als würde es etwas erklären, als sähe er klarer mit dieser Information.

Der zweite Gong, aber sie ist nicht zurück. Er steht alleine im Gang, sein Kopf ist leer, nur eine Idee irrt in den langen Fluren zwischen den Hirnhälften umher. Die Idee singt vor sich hin: Sie kommt nicht wieder, nie wieder, du weißt es. Er geht ins Foyer, um nach ihr zu sehen. Aber der Stand mit den Getränken ist abgeräumt. Ein Mann und eine Frau stehen an eine Wand gelehnt, hinter ihnen Prospekte.

Er schaut sich die zweite Hälfte an. Der Sitz neben ihm kommt ihm vor wie die Samenkammern seiner Hoden. Eine Frau mit langen dünnen Beinen, die man die Grille nennt, verlässt ihren Mann nach Jahren. Der Mann schlägt zu, sie fällt zu Boden, aber dann gibt er den Weg frei. Er muss an das Bild bei ihnen zu Hause im Flur denken. Das Bild mit den Bauersleuten im Abendrot, die still und dankbar stehen. Er hat es nie so betrachtet, wie sie es betrachtet hat. Einen ganzen Nachmittag lang. Es hat ihm Angst gemacht. Schon morgens hatte sie eine Dreiviertelstunde im Bad vor dem Spiegel gestanden, ihre Haare gekämmt, auf und ab, immer wieder, und sich dabei in die Augen geschaut, als würde sie in weite Ferne blicken.

Im Flur hängt das Bild. Er wird warten im Foyer, seinen Mantel über dem Arm. Er wird ein Bier trinken und dann noch eins, was bleibt ihm übrig. Irgendwann muss er nach Hause. Er schließt die Haustür auf, die Stille der Wohnung umfließt ihn. Er macht das Flurlicht an, stellt sich vors Bild.

Der Mann steht alleine vor dem Korb und schaut zum Horizont, wo die Sonne untergegangen ist, nur ein bisschen Licht lodert noch um die Kirchturmspitze. Der Platz an der Seite des Mannes kommt ihm vor, als fehle etwas, als hätte jemand mit der Schere etwas heraus geschnitten und durch fahle Dämmerung ersetzt. Er betrachtet den Korb zu Füßen des Mannes, in den die Kartoffeln gehören. Aber der Korb ist leer.

Maria

Ich bin Gabriel. Ich bin der Engel des Herrn. Mein Name bedeutet *Gott heilt.* Aber genau lässt es sich nicht sagen. Die alten Namen haben einen Ermessensspielraum. Ich bin der Erzengel. Ich stehe in deinem Treppenhaus. Es klackt, weil das automatische Licht ausgegangen ist. Ich stehe vor deiner Tür, ich atme, ich sammele mich noch. Ich zögere, obwohl ich weiß, dass es richtig ist, obwohl ich den Plan kenne. Der Plan ist gut. Ich atme, ich sammle mein Licht, raffe mein Leuchten um mich herum wie einen Mantel und wie eine Krone.

»Ich bin Gabriel, der vor Gott steht, ich bin gesandt, um mit dir zu reden und dir die gute Botschaft zu bringen.«

Ich sage es, als du die Tür geöffnet hast. Du schaust mich mit großen Augen an, in denen ich mich leuchten sehe. »Sei gegrüßt, du Begnadete, der Herr sei mit dir«, sage ich. Du erschrickst, weil du noch nie einen Engel gesehen hast und weil du denkst, was ist das für ein Gruß? Und ich spreche zu dir: »Fürchte dich nicht, du hast Gnade bei Gott gefunden.«

Du schaust an mir herab, schaust meine Gestalt, dein Mund steht sprachlos offen. In deinem Gesicht sind Entzücken und Entsetzen gepaart. Du trittst rückwärts in die Dunkelheit des Flurs, und ich folge dir mit einem Schritt nach, und wo ich bin ist Licht, als hätte jemand zwanzig Kerzen angemacht.

»Du wirst schwanger werden«, sage ich, »und einen Sohn gebären, er wird groß sein und Sohn des Höchsten genannt werden, und sein Reich wird kein Ende haben.«

Du stehst in der Schlafzimmertür. Neben dir kann ich die Kommode erkennen, in der du deine Wollsachen aufbewahrst, die Handschuhe, die Mützen, aber auch einige Papiere, deine

Kontoauszüge zum Beispiel. Auf der Kommode steht das Telefon, aber ich erkenne deinen Blick und halte dich fest mit meinem. Du trägst nur das Nachthemd mit dem offenen Hausmantel darüber, der Mantel steht offen, das wird dir bewusst, als ich dich durchdringe mit dem Licht meines Blicks. Du kannst nicht ausweichen, du bist gefangengenommen.

»Ich bin Gabriel«, erinnere ich dich, »ich stehe vor Gott, komme von ihm, deinen Sohn anzukündigen.«

Wie soll das gehen, denkst du, obwohl dein Mund zitternd offen steht, keine freie Silbe formen kann. Wie soll es geschehen, da ich doch unfruchtbar bin, vierzehn Monate haben wir es nicht einmal versucht, mein Mann und ich, aber davor all die Wochen. So in etwa denkt dein Kopf. Ich sehe seine Schuhe neben deinen vor der Kommode stehen. Doch er ist nicht da, ist nicht zu Hause, ich weiß es.

»Bei Gott ist nichts unmöglich«, antworte ich und mache eine Bewegung auf dich zu, gleite durch den Raum, dass sich die Schatten verschieben und du einen Seufzer fahren lässt, die Hand nimmst du vor das Gesicht. Du weichst zurück ins Zimmer hinein, deine Waden berühren das Holz des Bettes, du setzt dich, knickst ein, ich lodere und verkünde: »Der heilige Geist wird über dich kommen, und die Kraft des Höchsten wird dich überschatten; darum wird auch das Kind heilig genannt werden und Gottes Sohn.«

Dann verzehre ich dein Hemd mit meinem Licht. »Nein«, seufzt du, doch du hast dem Höchsten nichts entgegenzusetzen. Dein Leib glänzt vor einem Meer aus Schatten.

Ich sammle, gürte in mir das erhabene Summen, ich bin Gabriel, summt es.

Und dann nehme ich dich bei den Schultern und fahre über dich hinweg mit meinem Licht und meinem Brausen, und dir ist als flögest du durch klare Dunkelheit hinein in unendlich leuchtendes Nichts, und ich sage zu dir: »Das was du hörst, nennt man Engelschöre.«

Du schreist laut, dein Schrei ist der Schrei des Lebens, der deines und der des neuen Lebens in dir. Du schreist, aber ich lege dir meinen Fittich über das Gesicht. Augenblicklich wirst du ruhig.

»Ich bin des Herrn Magd, mir geschehe, wie du gesagt hast«, sage ich. Du schaust mich mit runden Augen an, schwimmenden Augen.

»Sag es«, sage ich.

Du sagst: »Ich bin des Herrn Magd, mir geschehe, wie du gesagt hast.«

»Ich bin Gabriel«, sage ich. Du nickst, du hast es begriffen. Du weißt was geschehen wird. Jetzt kennst du den Plan. Dein Mann wird dir nicht glauben. Er wird zurückkehren, und wenn er bemerkt, dass du schwanger bist, wird er seine Schlüsse ziehen. Er wird dir nicht glauben. Ich könnte ihm erscheinen, könnte verkünden: Dein Gebet ist erhört worden; deine Frau wird dir einen Sohn gebären, und viele werden sich über seine Geburt freuen. Denn er wird groß sein vor dem Herrn und mit dem heiligen Geist erfüllt. Aber ich werde es nicht tun. Es ist nicht Teil des Plans. Er wird selbst erkennen müssen, dass der Engel des Herrn erschienen ist. Ich bin Gabriel, ich bin Teil der Wahrheit, die nicht verschleiert werden soll. Und du wirst also stumm werden und nicht sprechen können bis zu dem Tag, an dem dein Mann die Wahrheit alleine erkennt, weil ich es so will.

Ich ziehe mich zurück, lasse dich liegend unter mir, wimmernd, bebend in Erkenntnis des Höchsten. Bleich scheint dein Leib wie ein teigiger Mond in meine Finsternis. Ich leuchte mit meinem Lächeln in alle Ecken. Schön ist, was geschrieben steht von Anbeginn an. »Ich bin Gabriel«, lächle ich, aber du reagierst schon nicht mehr, und deshalb verlasse ich dich jetzt.

Französisch für Anfänger

Seit acht Wochen wohnt er in unserer Straße. Der Junge mit dem roten Umhang und der schwarzen Maske. Er geht sogar so in die Schule, in dieser Aufmachung. Gott sei Dank nicht in meine, sondern in die Parallelklasse. Das wäre mir sonst zu peinlich. Die anderen lachen ja schon, weil wir den selben Schulweg haben, der Junge und ich. Er versucht immer, mit mir zur Schule zu gehen, ich meine, gemeinsam mit mir. Ich glaube, er ist schwul. Gott sei Dank nimmt er nicht meine Hand dabei oder so. Zu seinem Kostüm gehören eine gelbe Strumpfhose und eine hellblaue Unterhose, die er über der Strumpfhose trägt. Sein Hemd ist auch gelb und es liegt eng am Körper an und glitzert. *Trikot* sagt man zu so einem Hemd, aber es sieht überhaupt nicht aus wie die Trikots beim Fußball. Es sieht unmännlich aus. Auf der Brust trägt der Junge ein *L*, ein rotes, geschwungenes. Er nennt sich Süper-Lüc. *L* wie Lüc. Ich würde eher sagen: *L* wie lächerlich. Süper-Lüc kommt aus Frankreich. Georg sagt, die aus Frankreich sind alle schwul. Die Sprache klingt auch total schwul. Wenn Süper-Lüc redet, klingt es, wie wenn eine Frau vor dem Spiegel steht und sich den Mund schminkt, sagt Georg.

Ich sage: »Pass mal auf, ich glaube, du machst das total falsch.«

Das sage ich, als wir gemeinsam von der Schule nach Hause gehen. Ich meine es nur gut mit ihm. Wenn ich schon mit ihm gehe, kann ich auch nett zu ihm sein.

»Wenn man irgendwo neu ist, dann ist man doch eh schon der Arsch. Dann muss man sich doch nicht extra noch lächerlich machen. Dann passt man sich doch an und versucht, unauffällig zu sein und irgendwie zu den Coolen zu gehören, verstehst du? Das weiß hier in Deutschland jeder, das wissen schon die Babys in der ersten. So, wie du das machst mit deinem Kostüm, wird das nie was.«

Ich glaube, das ist der längste zusammenhängende Satz, den ich jemals zu jemanden außer meiner Mutter gesagt habe. Ich hole tief Luft. Ich bin ganz schön stolz auf meine Ansprache.

»Pass dü mal auf«, sagt Lüc. »Isch glaub, isch machö das total rischtig. Und das isch werde dir beweisön!«

»Wie«, frage ich, »wie das denn bitte!?«

»Abwartön«, sagt er. »Dü wierst es schon sehön.«

Am nächsten Tag geht er zu Barbara hinüber. Barbara hat festes blondes Haar, das ihre Mutter ihr zu dreifingerdicken Zöpfen flicht. Sie hat große, nachtblaue Augen. Sie hat Sommersprossen im Gesicht und auf den Armen. Keiner der Jungen traut sich mit ihr zu reden, weil sie schon Brüste hat. Man kann sie unter ihrem T-Shirt erkennen. Und er geht einfach zu ihr rüber und spricht mir ihr. Ich kann nicht verstehen, was er sagt. Barbara lächelt, dann nimmt sie seine Hand und geht mit ihm vom Schulhof dahin, wo die großen, dunklen Büsche wachsen. Ich verstehe die Welt nicht mehr.

»Wie hast du das gemacht?«, frage ich nach der Schule. Mir fällt auf, dass diesmal ich auf ihn gewartet habe, nicht er auf mich. Diesmal möchte ich den Weg von der Schule gemeinsam mit ihm zurücklegen.

»Tja«, sagt er und zupft an seiner Maske. »Isch bin ebön Süper-Lüc.«

»Was soll denn das heißen«, frage ich. »Was ist dein Geheimnis?«

»Isch werde es dir verratön,« sagt er, »weil dü es bist, weil dü so 'übsche, grüne Augen 'ast.« Er zwinkert mir zu.

»Es iest das Kostüm. Das ganzö Ge'eimnis iest das Kostüm. Gück doch mall genau.« Er zieht an seiner himmelblauen Unterhose über der Legging, zieht sie sich fast unter die Achseln, tief in die Arschfalte. »Diese Süper'ose modelliert und betont mein Genitaliön. Das wirkt aphrodisieröndt auf alle weiblischön Wesön. Sie können sisch diesem primärön sexüellön Reiz nischt wiedersetzön. Es ist gans egall, was isch sagö und wie isch auftretö. Es ist die Süper'ose über die Genitaliön, sie bewirkt den Zaubör.«

»Quatsch«, sage ich. »So ein Scheiß, Genitalien, Zauber, Superhose.«

»Dü kanns ja glaubön, was dü willst«, sagt er. »Aber morgen isch machö misch an Monika 'eran.«

»Nein«, sage ich mit offenem Mund. Das kann er nicht wagen. Monika geht schon in die Sechste auf der Realschule und ist die große Schwester von Georg, unserem Anführer.

»Dü wierst es ja sehön«, sagt er, schnalzt mit der Zunge. »Morgön, Süper'ose, olala!«

»Aber man sieht doch total lächerlich aus mit so einem Schlüpfer über einer Mädchenturnhose«, sage ich. Mir fällt auf, dass meine Stimme weinerlich klingt, ich will es nicht wahrhaben!

»Na klar«, sagt Lüc, »sieht totall doff aus, aber es wirkt. Probier es doch selbs.«

»Meinst du, das wirkt bei mir auch?«

»Klar«, sagt er, »es wirkt immör, sischör. Genitaleffek und ein bischen Mitleidsnümero, das 'ilft auch.«

»Hm«, sage ich. »Ich bin nicht wirklich überzeugt. Braucht man auch einen Umhang und die Maske?«

»Üm'ang ist güt«, sagt er, »muss abör nischt sein. Maskö ist bloß güt für das Ge'eimis. Das Wesentlischö abör ist die 'ose.«

Zu Hause stelle ich mich vor den Spiegel. Es sieht schon bescheuert aus, so mit Unterhose über der eigentlichen Büx.

»Was soll das denn?«, sagt meine Mutter, als ich mich raus schleichen will. »So lasse ich dich nicht gehen, die hetzen mir doch das Jugendamt auf den Hals, weil sie glauben, dass in unserer Familie ein Fall von sexuellem Missbrach vorliegt.«

»Mutter«, sage ich, »das ist französische Mode, das ist Süpermode und bei uns der letzte Chic in der Klasse. Das tragen jetzt alle. Außerdem haben wir Projektwoche,

Thema: Französische Mode, gewagt, aber bescheiden. Ich habe bloß vergessen, dir davon zu erzählen.«

Ich sage ihr lieber nicht, dass es meine Genitalien betonen soll.

»Na gut«, sagt sie und zieht eine Augenbraue hoch.

Dann stehe ich auf dem Schulhof und fühle mich plötzlich sehr alleine. Süper-Lüc steht neben mir, greift meine Hand. Er reibt, er streichelt sie.

»Siehst dü«, sagt er, »es funksioniert. Alle gücken disch heutö besonders freundlisch an.«

Ich blicke mich um, bei den Jungs lauter feixende Gesichter, bei den Mädchen Abscheu, Ekel, Wut. Ich gucke und mir ist klar, dass ich mich umschulen lassen muss, aus der Nummer komme ich nicht mehr raus, am Besten nach Frankreich.

Dahin, wo es weh tut

Den Wagen haben wir am Rand eines Feldwegs geparkt. Die Nacht hockt schwarz und plump auf dem Acker und würde zu uns ins Auto glotzen, wären die Scheiben nicht so beschlagen. Es regnet. Es muss Schlammlawinen am Auto vorbei spülen, aber das können wir nicht sehen. Es rauscht, es klopft, es hämmert, plattert auf das Wagendach. Jens und ich haben es uns auf der Rückbank mit einer Literflasche Rotwein gemütlich gemacht. Das Auto ist sowieso schon unser Zuhause geworden, also können wir auch einmal eine Nacht auf der Rückbank verbringen. Eigentlich gehört es meiner Mutter, ihr alter Golf IV. Aber wir sind jetzt schon seit über zwei Wochen damit unterwegs, haben halb Europa bereist. Es sind Sommerferien, in ein paar Tagen beginnt das letzte Schuljahr vor dem Abitur, Jens und ich sind 18, wir gehen in dieselbe Stufe. Wir kennen uns, seit wir klein sind, wir wohnen nur zwei Straßen voneinander entfernt, wir sind beste Freunde, wir machen alles gemeinsam. Gerade sind wir aus Schweden zurück gekommen mit der Autofähre, dort waren wir ein paar Tage, erst in Göteborg, dann rüber auf die Insel Gotland, wo wir Makrelenfilets am Strand gegessen haben. Davor waren wir in Amsterdam, in Brüssel, in Luxemburg, in Metz, in Straßburg, in Karlsruhe, in Kopenhagen, und jetzt sind wir zurück an der Ostsee, Deutschland. Wir haben im Zelt übernachtet, in Jugenherbergen oder in billigen Hotels. Beim Fahren haben wir uns abgewechselt, wir haben beide noch nicht lange unseren Führerschein. Stunden im Auto, ein paar hundert Kilometer täglich, der eine fährt, der andere wechselt die CDs und träumt vor sich hin. Wir haben gemeinsame Rituale entwickelt. Morgens schmieren wir uns gleichzeitig das Gel in die Haare. Wir laufen rückwärts, wenn es windig ist, damit unsere Frisuren nicht ruiniert werden. Wir tragen beide Jeans und schwarze T-Shirts, wir haben beide schwarze Lederjacken. Wir sind wie Brüder, Zwillinge. Und heute übernachten wir im Auto, weil die Fähre so spät angelegt hat und es zu spät für die Jugendherberge in Travemünde geworden ist. Das Zelt konnten wir bei dem Regen nicht aufbauen. Macht nichts, haben wir gesagt, dann schlafen wir eben mal im Auto, das ist doch auch ganz witzig, morgen gehen wir in die Jugendherberge.

Der Wagen steht 500 Meter hinter Haffkrug im Nichts, hier kenne ich mich ganz gut aus, weil wir in der Gegend früher eine Ferienwohnung hatten. Wir haben zwei Literflaschen Rotwein gekauft, um überhaupt schlafen zu können. Es wäre schöner, wenn wir mal aussteigen, wenn wir am Feldrand stehen könnten, die Sterne zählen, den Kopf in den Nacken gelegt, ein paar hundert Meter weiter der schwarze Saum der Ostsee mit dem perlenbesetzen Rand, die weite Bucht mit den blinkenden, schimmernden Ostseebädern. Aber es regnet, und also habe ich die Rotweinflasche am Hals, Jens neben mir, wir sind betrunken, wir lachen.

Die Vordersitze sind nach vorne geschoben, die Lehnen herunter gekurbelt, die Kopfstützen entfernt. Wir haben aus dem Innenraum eine Liegewiese gemacht, so gut es ging. Wir nehmen Pullis und Handtücher als Kopfkissen, Schlafsäcke haben wir ja eh.

Ich lehne mich nach vorn, um die Scheibe einen Spalt zu öffnen, damit wir nicht ersticken. Jens legt mir die Hand auf den Rücken, das ist nicht ungewöhnlich.

»Mit den Mädchen ...«, sagt er.

»Ja?«, frage ich und lasse mich wieder neben ihn plumpsen. Wir liegen nebeneinander. Er gibt mir die Weinflasche zurück.

»Eigentlich brauchen wir die doch gar nicht!«

Er grinst. Es sieht gut aus, wie er grinst, ganz breit. Wie ihm das Haar ins Gesicht dabei fällt, eine Strähne. Er sieht eh gut aus, finde ich, er hat ein kantiges Gesicht, sieht gut aus.

»Wie meinst du das?«, frage ich und nehme einen Schluck. Es ist ein billiger Wein, der in einer bauchigen Flasche steckt, die mit Bast umwickelt ist. So etwas würde ich normalerweise nicht kaufen. Aber hier ging es darum, dass es billig und viel ist. Geld haben wir nämlich kaum noch, noch zwei Nächte und wir sind wieder zu Hause.

»Na ja«, grinst er. »Wir haben doch alles, was wir brauchen. Wir sehen ja schließlich auch nicht schlecht aus.«

»Nee«, sage ich, »stimmt.«

Stimmt, denke ich. Wir sehen schon gut aus. Wir sind ganz schön eitel, Jens und ich. Im Hotelzimmer in Amsterdam haben wir vor dem Spiegel herum gepost im Unterhemd, haben uns gegenseitig dabei fotografiert. Wir haben uns überall die schönen Mädchen in Europa angeguckt – *Wie findest du die? Super!* – aber eigentlich sind wir beide zu schüchtern. In Metz auf dem Campingplatz sind wir mit zwei Mädchen aus Berlin ins Gespräch gekommen, aber passiert ist gar nichts. Die eine hatte schöne graue Augen. Ich denke an das Mädchen in Dänemark auf dem Campingplatz am Meer. Wir fanden sie beide toll, Jens und ich, eine Dänin, sie hatte ganz dicke Lippen, scharf sah das aus, Lippen wie zwei Sofakissen, wir haben beide mit ihr geflirtet, eigentlich mehr Jens als ich, denn ich bin noch viel schüchterner als er. Ich habe eigentlich nur geguckt und gelächelt. Und er hat sie später geküsst am Strand. Das Problem war, dass sie mit einer Horde Jungs unterwegs war, und die fanden das nicht so gut mit dem Küssen. Als wir später auf unseren Isomatten lagen, sind wir davon aufgewacht, wie jemand gegen unser Zelt gepisst hat. Wir haben uns nicht raus getraut, denn die Dänen waren zu fünft und einer war mit dem Motorrad da. Ein doofes Gefühl, wenn man sich schlafend stellt und jemand direkt neben dem eigenen Kopf gegen die Zeltbahn pisst.

»Kannst du dir vorstellen, Sex mit einem Mann zu haben?«, fragt Jens.

Ich gucke sein Gesicht an, das ist ganz schön dicht.

Betrunken sieht er aus, er hat einen unscharfen, verschleierten Blick im Licht der Innenraumbeleuchtung.

»Wieso fragst du?«, frage ich.

»Nur so«, sagt er. »Also?«

»Weiß nicht«, sage ich, weil ich ein ganz eigenartiges Gefühl bekomme. Das ist komisch, was hier abgeht. Komische Vibes, würde meine ältere Schwester sagen, die sagt immer so einen Scheiß. Ich habe eine vage Ahnung, worauf Jens hinaus will, und es ist mir nicht geheuer.

»Ist doch doof, immer mit den Mädchen«, sagt er. »Wir sind immer hinter ihnen her, aber kriegen tun wir sie nie.«

»Klar«, sage ich mit belegter Zunge, »doof«. Wein, denke ich, ich brauche den Wein. Aber den hält Jens jetzt in der Hand.

»Nee«, sage ich, »kann ich mir nicht vorstellen«. Das doofe ist nur, dass ich merke, wie sich etwas in meiner Hose regt, in meiner Jeans unter dem Schlafsack.

»Hm«, macht Jens.

»Und du?«, frage ich.

»Hm«, macht Jens. »Warum nicht? Muss ja nichts bedeuten.«

»Hm«, mache ich. Sein Gesicht ist sehr nah. »Stimmt auch«, sage ich und lächle. Und auf einmal geht es schnell. Auf einmal ist es da. Ich habe sein Gesicht an meinem, seinen Atem an meinem Hals, seine Lippen auf meinen. Es fühlt sich glatt und kalt an, fremd. Ich küsse einen Jungen, denke ich, igitt. Aber dann berühren sich unsere Zungen und ich denke gar nichts mehr. Dann ist es nur noch Küssen, und das kenne ich, das fühlt sich gut an. Jens' Hände sind unter meinem T-Shirt, wir wühlen uns aus den Schlafsäcken, ich fasse ihn an, sein Oberkörper fühlt sich fest und straff an, ich fahre über seine Brust, seine Schultern, seinen Rücken. Jens will an meine Hose, nicht, denke ich und: doch, als er mir die Jeans aufknöpft. Wir pellen uns aus unseren Hosen. Jens fasst meinen Schwanz an, der hart ist und pocht, und ich will seinen sehen, ich will ihn anfassen und das tue ich dann auch. Mann, denke ich, Mannmannmann.

Dann habe ich Jens' Schwanz im Gesicht, in meinem Mund, ich lutsche und sauge, ich weiß sofort, wie es geht, und es fühlt sich gut an. Jens stöhnt, er krümmt sich, ich fahre mit den Händen über seinen Bauch, über seinen Po, seinen Rücken. Ich spüre, dass Jens gleich kommt, aber ich bleibe mit meinem Mund, wo ich bin, ich mache weiter mit dem, was ich tue, und dann wird es heiß und etwas schlägt gegen meinen Gaumen und ich muss schlucken, und also tue ich es auch.

Dann macht Jens das Gleiche bei mir, mein Blick verschwimmt, ich habe Tränen in den Augen.

Später liegen wir beide still nebeneinander, reichen die Rotweinflasche hin und her, spülen uns den Mund aus. Wir gucken uns nicht in die Augen. Ich habe ein schleimiges Gefühl im Mund, im Hals. Alles fühlt sich zäh und klebrig an.

Noch später höre ich Jens gleichmäßig atmen, ich selbst kann nicht, finde keinen Schlaf. Ich höre dem Regen zu, der leiser geworden ist, trinke den restlichen Wein. Ich bin betrunken, denke ich, wir beide, wir sind bloß betrunken, das musste ja mal kommen, davon liest man ja. Es ist ganz normal in unserem Alter. Ich betrachte sein Gesicht, in einen anthrazitfarbenen Rollkragenpullover gedrückt. Ich frage mich, ob das jetzt aus dem Nichts kam oder ob er schon die ganze Fahrt über daran gedacht hat. Und was eigentlich mit mir ist, denn ich habe keine Ahnung. Ich wische über die Scheibe und sehe, dass es über dem Acker hell wird.

»Das gestern Nacht«, sagt Jens, als wir am Strand entlang gehen. Zwei, drei Stunden habe ich doch noch geschlafen. Ich fühle mich wie ein ausgenommener Fisch, mein Kopf tut weh.

»Hm«, mache ich.

»Wir waren betrunken«, sagt Jens.

»Ja«, sage ich, »es ist okay, lass uns nicht darüber reden.«

»Hm«, macht er.

Er tritt auf ein paar längliche Muscheln, die ein knirschendes Geräusch von sich geben. Der Himmel ist aufgeklart, Familien sitzen am Strand in ihren Pullis.

»Ich bin nicht schwul«, sagt Jens, »nicht, dass du das denkst.«

»Ich weiß«, sage ich, »ich auch nicht.«

Ich will nicht schwul sein, denke ich. Ich kann es mir gar nicht erlauben. Jens und ich sind im selben Fußballverein, spielen in der selben Mannschaft. Ich bin rechter Verteidiger und er spielt auf der rechten Außenbahn, wir sind aufeinander angewiesen im Spiel, wir können uns das nicht erlauben. Wenn wir gemeinsam zum Training kommen mit unseren Taschen und die anderen begrüßen uns: Da sind ja unsere Schwulis! Oder im Vereinsheim: Am Schwulentisch sitzen müssen mit dem rosanen Deckchen, nein danke. Vereinsheim ist sowieso schon gruselig, beim Hereinkommen muss man auf die Tischplatte klopfen. Es geht nicht.

»Mach dir keine Gedanken«, sage ich. »Das war nur einmal, das war es dann auch, okay? Wir sprechen nicht mehr darüber, wir erzählen keinem davon, okay?«

»Okay«, sagt Jens, er lächelt, der Wind spielt mit seinem Haar, aber ich kann sehen, dass es ihm genauso peinlich ist wie mir.

Ich lasse ihn ein paar Meter voran gehen, er betrachtet die Muscheln, Steine und Algen im Flutsaum, und ich ertappe mich dabei, wie ich ihn anschaue, seine Gestalt, wie ich dabei an seinen Schwanz denken muss.

Nachmittags checken wir in der Jugendherberge ein. Wir verbringen einen ruhigen Abend im Aufenthaltsraum, trinken Bier mit ein paar lauten Finnen, wir reden Englisch, wir lachen viel. Wir gehen früh ins Bett im Mehrbettzimmer, Etagenbett, ich unten, Jens oben.

»Gute Nacht«, sage ich.

»Gute Nacht«, sagt er, »schlaf schön.«

Ich liege da und muss an Jens denken, ich habe schon wieder eine Erektion, seinen Po in der Jeans am Strand, verdammt, denke ich und frage mich, ob es ihm genauso geht wie mir. Der dicke Italiener in der Ecke schnarcht. Ich stecke mir Ohropax in die Ohren.

Am Morgen gehe ich vor ihm unter die Dusche, er liegt noch im Bett. Wir haben lange geschlafen, länger als alle anderen. Der Duschraum ist leer. Ich lasse das Wasser an mir herunterlaufen, mein Kopf ist genauso leer wie der Duschraum. Ich blicke auf die Fliesen, auf meine Füße, die fremd im Wasser stehen, zwei Körperfortsätze, von außerirdischen Wissenschaftlern erfunden. Ich blicke auf und sehe, dass Jens den Duschraum betreten hat, ein Handtuch um die Hüften geschlungen. Er löst das Handtuch, tritt unter die Dusche neben mir. Ich schaue auf den Boden, konzentriere mich auf meine Füße. Aus den Augenwinkeln kann ich erkennen, dass Jens mich anschaut, mir zwischen die Beine starrt. Ich gucke Jens zwischen die Beine. Sein Penis bewegt sich wie eine Wünschelrute, aufwärts. Bei mir dasselbe Phänomen. Jens nimmt etwas Duschgel in die Hand, stellt die Flasche auf den Boden. Er tritt zu mir.

»Nicht«, sage ich, »wenn jemand reinkommt.«

Aber wir können beide nichts dagegen tun. Ich fühle mich gehetzt, atemlos. Er seift mich ein, den ganzen Körper. Ich lasse es geschehen. Jens atmet laut. Ich muss ihn anfassen. Er drückt sein Gesicht gegen meinen Hals. Er wendet mir den Rücken zu und stützt sich mit den Händen an der Kachelwand ab. Ich spüre seinen Po an meinem Schwanz. »Tu es«, sagt er mit einer sonderbar rauhen Stimme, »tu es, bitte, mach schnell!«

Und dann geht er auf die Zehenspitzen und nimmt meinen Schwanz in die Hand. Er führt ihn an die richtige Stelle, dahin, wo es weh tut. Ich spüre einen Widerstand, der langsam nachgibt, und dann bin ich in ihm.

Wasser fällt auf uns, es fällt und fällt, es stürzt hernieder, als wären irgendwelche himmlischen Schleusen geöffnet. Wasser, das nichts reinwäscht, das nichts mit sich reißt, das einfach fällt und fällt und alles nass macht, mehr nicht. So stehen wir da, den Blick leer auf Kacheln gerichtet.

Wir können das nicht immer tun, es geht nicht, das ist ein schwuler Porno hier, sage ich mir beim Abtrocknen. Irgendwann muss Schluss sein damit. Spätestens wenn wir zu Hause sind, wenn unsere gemeinsame Reise beendet ist. Mein Blick geht zur Tür, aber glücklicherweise lässt man uns allein.

Bin ich schwul, frage ich mich. Ich sitze auf dem Beifahrersitz, Jens fährt. Wir sind auf dem Weg nach Hause, nur noch die A1 hinunter, dann ist alles aus, alles wie vorher. Ich kann ja gar nicht schwul sein, denke ich, denn wenn ich mich selbst befriedige, denke ich immer an Mädchen oder an Frauen, niemals an Männer, habe ich noch nie gemacht. Ich denke an Myriam Peters zum Beispiel oder an Kerstin Degenhardt, das sind meine bevorzugten Fantasien. Das ist doch ein Beweis, denke ich, oder zumindest ein Indiz. Dann aber fällt mir ein, dass ich neuerdings an Jens denke, wenn ich die Augen schließe. Ich schiele zu ihm herüber. Ich stelle mir vor, dass er unter der Jeans unter dem Lenkrad einen Penis hat, den ich im Mund hatte, dass ich mit meinem Schwanz in seinem Po war. Das reicht aus, um mich ins Wanken zu bringen. Ich konzentriere mich auf die Autobahn, sehe zu, wie die Kühlerhaube weiße Streifen frisst. Ich sehe seinen Händen auf dem Lenkrad zu, ich mag sie. Ich muss lächeln. Wir haben ja auch eine schöne Zeit miteinander gehabt, es ist ja nicht auf einmal alles schlecht, nur weil uns beide die Hormone reiten. Ich denke daran, wie wir in Frankreich auf einer Landstraße an einem tempelartigen Denkmal vorbei fuhren, das auf einer Anhöhe stand. Wir waren angehalten und zum Denkmal hinaufgestiegen. Dort haben wir unsere Namen mit Datum in den Stein gekratzt. Das kommt mir jetzt auch schon wieder schwul vor, wie ein schwules Liebespaar. Ich will nicht schwul sein, ich finde es eklig. Schwule sind anders als ich, anders als Jens, Tunten eben. Ich kann ja jetzt nicht plötzlich nur noch in Rosa herum laufen. Ich denke daran, was meine Schwester sagen würde, wenn sie das mit Jens herausbekommt. Ich schiele zu ihm hinüber, schaue mir sein Profil an. Kernig, kantig, starke Kiefer, klare Linien. Ich könnte mich niemals in einen Jungen verlieben. Ich bin nicht sicher. Ist es schon passiert? Er ist es, probiere ich innerlich aus, er ist mein Mann. Der Schwanz in seiner Hose ist mein Schwanz, er gehört mir, ich darf damit spielen, nur ich. Ich muss grinsen. Es geht nicht, entscheide ich, es kann nicht sein, es passt nicht. Jens schaut konzentriert auf die Fahrbahn. Wir reden nicht. Es gibt nichts zu sagen. Wir haben uns heute kaum in die Augen geschaut, beide froh, dass es nach Hause geht, wir erst einmal Zeit zum Durchatmen haben. Ich schiebe die Phoenix-CD in den Apparat, die haben wir hoch und runter gehört auf dieser Reise. Jens schaut mich kurz an und lächelt. Das gibt mir einen Stich, aber davon will ich nichts wissen. Ich lächle zurück und greife mir die Sonnenbrille.

Zu Hause sitze ich in meinem Zimmer am Schreibtisch. Ich schaue aus dem Fenster, ich blicke meine Hände an. Das Gefühl kenne ich von früher. Wie nach der Klassenreise. Eigentlich hat man sich gefreut auf Zuhause, endlich Ruhe, endlich allein sein, Mama, Papa. Dann sitzt man da und kommt sich verloren vor ohne die anderen, als wäre man Teil eines größeren Organismus geworden, in dem man reibungslos funktioniert. Es wird einem immer erst im Nachhinein klar. Phantomschmerzen. Ich greife zum Telefon.

»Was machst du?«, frage ich.

»Nichts«, sagt Jens, »ich sitze hier rum, ich versuche anzukommen.«

»Komisch oder?«, frage ich.

»Ja, komisch.«

»Kann ich vorbeikommen?«, frage ich, »wollen wir uns sehen?«

»Hm«, macht Jens. »Ich weiß nicht. Ich weiß nicht, ob das eine gute Idee ist.«

»Ich auch nicht«, sage ich. Wir schweigen.

»Ja, komm vorbei«, sagt er. »Was soll's. Ist ja jetzt eigentlich auch schon egal.«

Jens war mal ein halbes Jahr mit Tanja zusammen. Daran muss ich jetzt denken. Ich hatte mal was mit Yvonne, aber da war ich nicht richtig verliebt. Jahrelang war ich in Kerstin verknallt, abgrundtief, aber sie wollte nichts von mir wissen. Wir sind nicht schwul, beschließe ich. Also kann ich auch zu Jens gehen.

Seine Mutter macht mir die Tür auf.

»War es schön?«, fragt sie.

Ich nicke und lächle sie unsicher an. Ob sie mir etwas ansieht?

»Ihr seid auch so zwei«, sagt sie. »Schön! Richtig unzertrennlich. Erst fahrt ihr zwei Wochen um die halbe Welt – und dann könnt ihr immer noch nicht voneinander lassen.«

Ich lache ein bisschen, aber ich fühle mich unwohl. »Tja«, sage ich.

Jens sitzt in seinem Zimmer und macht sich an der Anlage zu schaffen.

»Hi«, sagt er.

»Hi«, sage ich. Wir schauen uns nur flüchtig in die Augen.

Ich setze mich auf sein Bett und warte, dass er den Mut für mich aufbringt.

Ich bleibe über Nacht. Das ist nicht ungewöhnlich. Unsere Eltern kennen das schon. Seit wir vierzehn sind, schläft immer mal der eine beim andern. Dann wird eine Matratze vom Dachboden geholt. Früher haben wir nachts stundenlang gemeinsam Playstation gespielt oder die halbe Nacht durchgekichert. Oder am Computer Listen erstellt, welche

Mädchen wir gut finden, sie nach Körperzonen benotet. In letzter Zeit hat es oft damit zu tun, dass wir gemeinsam ausgehen, tanzen, und anschließend gemeinsam nach Hause fahren.

»Wir sollten das lassen«, sagt Jens, als wir in den Betten liegen.

»Ich weiß«, sage ich. »Finde ich auch.«

»Einmal noch, okay?«, sagt Jens.

»Okay«, sage ich, »ein letztes Mal.«

Wir ziehen uns gegenseitig die T-Shirts und die Unterhosen aus, setzen uns nackt voreinander, legen uns die Hände auf den Körper. Jens hat eine Kerze angemacht. Er sieht schön aus, schlank, kantig, muskulös. Das Licht flackert über seinen Körper. Unter meinen Handflächen kann ich ihn zittern fühlen. Er greift nach mir und ich greife nach ihm, fahre seinen Körper ab. Da gibt nichts nach, da ist alles muskulös. Ich berühre auch gerne Mädchenkörper, aber das hier ist anders.

Unten geht die Wohnzimmertür, ich kann Schritte im Flur hören. Wir schauen beide zur Tür, dann lächeln wir uns fahrig an. Ich komme mir plötzlich vor wie ein Krimineller, wie ein Eindringling in diesem Haus. Wenn seine Eltern unten im Wohnzimmer wüssten, was wir hier miteinander treiben. Vielleicht ist es auch das, vielleicht spielt es auch eine Rolle, das Heimliche, das Verbotene daran. Es ist ein wildes Lächeln in seinem Gesicht.

»Machst du das gleiche auch einmal bei mir«, sage ich mit belegter Stimme. »Du weißt schon, das aus dem Duschraum?«

»Ja«, sagt Jens und er hat wieder diese rauhe Stimme. Er zieht seine Unterhose über und klemmt seinen Schwanz unter dem Gummizug ein. Dann öffnet er vorsichtig die Tür und schleicht ins Bad. Ich schaue mich im Zimmer um, das mir so vertraut ist, an der getäfelten Schräge hängt ein Poster, das ich ihm zum fünfzehnten Geburtstag geschenkt habe. Es zeigt eine glänzende Tomate. Mein Schwanz pocht, mein Herz noch viel mehr, die beiden tragen einen Pochwettbewerb aus. Jens kommt mit einem Topf Vaseline zurück, der seiner Mutter gehört.

Ich küsse Jens, und dann kämpfen wir miteinander.

Danach liegen wir im Bett. Wir liegen nicht Arm in Arm, aber beinahe. Ich kann spüren, wie etwas kalt wird, als wäre ein kalter Luftzug ins Zimmer eingedrungen. Die Kälte geht von Jens aus. Ich spüre, dass er abwesend ist, dass er sich aus seinem Körper zurückgezogen hat in den Kopf wie eine Schnecke ins Haus, dass er sich zurückgezogen hat von mir. Es ist spät, seine Eltern sind ins Bett gegangen.

»Jens«, frage ich.

»Hm«, macht er, guckt aber weiter mit leeren Augen die Zimmerdecke an.

»Alles klar?«

»Hm«, macht er wieder.

Mir wird unbehaglich, wie ich so liege. Ich rutsche auf meine Matratze hinunter, die vor dem Bett auf dem Boden liegt.

»Irgendwie geht das so nicht«, sagt er zur Decke.

»Was?«, frage ich.

»Hier«, sagt er. »Du und ich. Und meine Eltern so dicht.«

Das fällt dir jetzt ein, denke ich, danach, das hätte dir ja aber auch mal früher einfallen können.

»Wie?«, frage ich.

»Ich weiß nicht«, sagt er. »Ich will das nicht.«

»Was soll das heißen?«, frage ich.

Komisch, ich bin sonderbar ruhig gerade, als hätte ich das alles schon erlebt, als wüsste ich, wie es weiter geht.

»Du kannst nicht hier schlafen«, sagt Jens zur Decke, die Arme unter dem Kopf verschränkt.

»Wieso das denn jetzt auf einmal?«, frage ich mit ruhiger Stimme.

»Du musst nach Hause gehen«, sagt er, dann wendet er mir den Kopf zu. »Bitte.«

Erst will ich etwas sagen, dann aber merke ich, dass es sinnlos ist. Ich stehe auf und räume meine Sachen zusammen, ziehe mich an. Ich habe ein komisches Gefühl im Po, aber das lasse ich mir nicht anmerken. An der Zimmertür bleibe ich stehen, die Klinke in der Hand. Ich schaue ihn an. Er ist wieder in Deckenbetrachtungen versunken. Als ich schon auf dem Treppenabsatz bin, höre ich meinen Namen.

»Ja?«, frage ich.

»Es ist nichts Ernstes, nichts Schlimmes«, sagt er. »Ich muss nur einfach meine Ruhe haben jetzt, ich muss jetzt alleine sein, verstehst du?«

»Hm«, mache ich. Dabei verstehe ich herzlich wenig. Was ist eigentlich mit mir? Interessiert ihn das gar nicht?

»Ich rufe dich morgen an, okay?«

»Okay«, sage ich, dann gehe ich leise aus dem Haus.

Das ist alles. Danach geht es nicht weiter.

»Ruf mich erstmal nicht mehr an«, flüstert Jens.

Wir sitzen nebeneinander im Klassenraum. Die Schule hat wieder angefangen, das neue Schuljahr. Die anderen wundern sich schon, dass wir nicht mehr miteinander reden, dass wir uns aus dem Weg gehen auf dem Schulhof, in den Pausen. Im Unterricht sitzen wir immer noch nebeneinander. Aber sonst herrscht Funkstille.

»Da muss erstmal Gras über die Sache wachsen«, flüstert er, »verstehst du?«

»Ja«, sage ich kleinlaut. Ich verstehe es wirklich. Ich weiß, dass ich zu oft anrufe, aber es geht nicht anders. Ich kann ja nicht tun, als wäre nichts passiert. Vielleicht sind wir zu weit gegangen.

»Habt ihr Streit gehabt auf eurer Reise?«, fragt mich Martin, mit dem ich manchmal rede, in der kleinen Pause.

»Nee, alles okay«, sage ich. »War 'ne gute Reise. War

super. Hat Spaß gemacht.«

»Sonst nichts«, fragt er, »sonst alles klar?«

»Klar«, sage ich, »was soll denn sein?«

Er wartet, dass ich weiter rede, aber ich sehe ihn einfach schweigend an.

»Was bist du eigentlich so gereizt?«, fragt er.

»Bin ich doch gar nicht!«

Er sieht mich an und hebt eine Augenbraue. Ich starre ihn nieder, dann wende ich mich schweigend ab.

In der großen Pause stehe ich gegen die Backsteinwand des naturwissenschaftlichen Trakts gelehnt. Ich sehe zur Raucherecke hinüber. Dort steht Jens mit Kerstin, Danielle und Myriam beim großen Standaschenbecher. Jens hat sich neuerdings das Rauchen angewöhnt. Sie lachen laut, werfen die Köpfe dabei in den Nacken, ziehen an ihren Zigaretten, und ab und zu schauen sie zu mir herüber. Sie reden über mich. Aber vielleicht bilde ich es mir auch nur ein. Ich stecke die Hände in die Jackentaschen. Ich trotte Richtung Bushaltestelle. Ich trotte vom Schulhof, obwohl ich noch zwei Stunden Unterricht habe. Ich weiß gar nicht, wohin ich trotte. Ich schaue auf meine Sneaker beim Trotten.

Zedern, die auf Schnee fallen

Verblasen liegt die Landschaft da, die verharschte Schneefläche glitzert, die Berge sind blaue Silhouetten, deren Linien sich im Mondlicht überschneiden. Der Wind hat sich gelegt, es ist still jetzt, ein einzelner Schritt wäre weithin zu hören. In der Nähe steht eine Gruppe hoher Nadelbäume mit ausladenden Kronen. Ihre Schatten zeichnen dunkelblaue Linien in den Schnee.

Ich lasse es lange klingeln, nach dem sechsten Mal springt der Anrufbeantworter an. Ich spreche keine Nachricht auf, sondern wähle erneut. Die gleiche Prozedur, sechsmal Klingeln, dann der Anrufbeantworter. Beim vierten Durchlauf kommt er endlich ans Telefon. Ich sehe es vor mir, wie er aus dem Bett durch die angelehnte Tür des Schlafzimmers äugt, besorgt, dass die Kinder aufwachen.

»Gehst du?«, fragt seine Frau, die schlafen muss, weil sie morgen früh das Geld verdient.

»Muss ich wohl«, sagt er. »Wird ja wohl wichtig sein, Arschloch.«

Dann tapst er die Treppe hinunter in den dunklen Bauch des Hauses hinab.

»Ich bin's«, sage ich. »Ich weiß, dass es unmöglich ist, aber es geht nicht anders.«

Er schweigt und ich lege mir die Worte zurecht.

»Ich weiß nicht weiter«, sage ich, »ich brauche deine Hilfe.«

Ich kann die Stille im Haus hören, er steht im Arbeitszimmer, und es ist, als sähe ich an ihm vorbei durch das ganze Haus hindurch, durch die ganzen geöffneten Türen bis in den hintersten Winkel des Gartens, wo der Walnussbaum im Mondlicht seine Krone schwingt.

»Es geht um eine Geschichte«, sage ich. »Ich habe die ganze Zeit wach gelegen, weil ich diese Geschichte nicht aus dem Kopf kriege, eigentlich habe ich bislang nicht mehr als den Titel. Irgendwann bin ich aufgestanden, ich konnte eh nicht einschlafen mit der Geschichte im Kopf. Aber jetzt komme ich nicht weiter.«

»Deshalb rufst du mich an?«, fragt er. »Mitten in der Nacht? Morgen ist Schwimmfest und der Kleine geht zum ersten Mal zum Zahnarzt.« Er klingt müde und resigniert.

»Der Titel ist *Zedern, die auf Schnee fallen*«, sage ich.

Von ihm kommt eine Weile nichts, vielleicht ist er eingeschlafen.

»Hörst du?«, frage ich. »Zedern, die auf Schnee fallen. Gut oder?«

»Geht so«, sagt er. »Und?«

»Ich weiß nicht weiter«, sage ich. »Ich weiß nicht, was dran ist an dieser Zederngeschichte. Ich weiß einfach nicht, was mit diesen Zedern los ist. Zedern sagen mir rein gar nichts. Aber es ist, als müsse es die Geschichte geben, als gäbe es sie schon. Der Titel ist ein Auftrag, verstehst du, wie bei diesem Marmorblock, bei dem Michelangelo bloß genügend Stein wegschlagen musste. Irgendwo ist alles schon vorhanden.«

»Ach so, na dann«, sagt er, »dann kannst du mich natürlich wecken.«

Eigentlich sollte er wissen, wie das ist, wenn man nachts auf einer ungelegten Geschichte herumliegt. Er weiß, wie das ist. Er schreibt selbst Geschichten. Er ist bloß müde. Und mitgenommen von der letzten Zeit.

»Du hast doch ein gutes Lexikon«, sage ich, »in meinem steht nicht viel drin, nur fünf Bände, das hat mir meine Mutter mal geschenkt. Da kann man nichts mit anfangen. Da steht nicht viel zu Zedern.«

»Na gut, warte«, sagt er.

Ich wusste es, irgendwann packt es ihn doch. Jetzt fängt er an, in seinem Arbeitszimmer herumzuwühlen, Papier umzuschichten, Romane, Ausstellungskataloge, Zeitungsartikel zur Seite zu pflügen, sich einen Weg zum Regal zu bahnen wie eine literarische Schneeraupe. Das ganze restliche Haus ist immer picobello in Schuss wegen der Kinder, aber sein Arbeitszimmer ist eine Kathedrale des Chaos. So nennt er es selbst: *Meine Chaoskathedrale*. Ich höre ihn murmeln und blättern.

»Hörst du? Zedern, Gattung der Kieferngewächse mit vier Arten in den Gebirgen Nordafrikas und Vorderasiens; hohe, immergrüne Bäume mit unregelmäßig ausgebreiteter Krone und dunkelgrauer, an jungen Bäumen glatter, an älteren Bäumen rissig-schuppiger Borke; Zapfen aufrecht, eiförmig bis zylindrisch, bei Reife zerfallend. Bedeutend sind unter anderem die Atlaszeder, bis 40 Meter hoch, in den Gebirgen Nordafrikas, die Himalajazeder, bis 50 Meter hoch, im Himalaja, die Libanonzeder, bis 40 Meter hoch, im östlichen Kleinasien und im Libanon. Zedernholz stammt meist von der Atlas- und Himalajazeder, die ein leichtes, hellbraunes, stark aromatisches, witterungsfestes Holz liefern; für Innenausstattungen, Möbel und Bootsbau.«

»Das muss doch imposant sein«, sage ich. »Wenn man sich 50 Meter hohe Bäume vorstellt, die mir nichts dir nichts auf Schnee fallen, wie das rumst, wie da der Schnee fliegt!«

»Mein Opa hatte einen Zedernholzschreibtisch«, sagt er, »den kannte ich als Kind schon. Und als wir jetzt kürzlich bei meiner Oma das Haus ausgeräumt haben, habe ich den Tisch wieder gefunden auf dem Dachboden. Ich hätte ihn supergerne mitgenommen, um ihn hier ins Arbeitszimmer zu stellen, das Ding ist großartig, imposant, ein ganzer Kontinent von einem Schreibtisch, und dann die Erinnerungen, aber hier passt wirklich nix mehr rein, und in der Garage wollte Vic ihn nicht haben, außerdem steht da ja schon der Zahnarztstuhl von Lorenz. Neulich hatten wir schon Ärger, weil ich von der Dame, die hier in der Nachbarschaft wohnt und die ich gelegentlich mit den Kindern besuche, einen alten Vogelkäfig mitgebracht habe, du weißt schon, so ein großes, rundes Ding, Voltigere oder so, so einen Papageienkäfig, den wollte die nicht mehr, weil der Papagei lebendig von Würmern zerfressen worden war. Und Vic meinte, wo der denn jetzt noch hin solle und was ich damit anfangen wolle, der stünde doch wieder nur rum, noch so ein Staubfänger, aber die Kinder waren total aus dem Häuschen, die Mädchen haben gleich den Kleinen hineingesperrt und …«

»Warum fallen die Zedern?«, sage ich.

»Bitte?«, fragt er.

»Warum fallen die Zedern, warum?«

Ich frage lieber schnell, bevor er richtig loslegt mit Kindergeschichten. Das macht er nämlich immer. Er fängt irgendwo an zu erzählen, von einem Wetterphänomen zum Beispiel, von dem er gelesen hat, und er landet garantiert nach drei Sätzen bei seinen Kindern, weil er den ganzen Tag mit ihnen alleine ist und nicht weiß, wohin mit all den Geschichten. Mit dem Aufschreiben kommt er ja gar nicht mehr nach. Und lesen will man das ja alles auch nicht immer, wenn irgendwo Milch umgekippt ist oder ein Knie aufgeschlagen. Und in diesem Fall bin ich mir nicht sicher, ob es mir hilft.

»Warum fallen sie, ist es ein Sturm, werden die Zedern von einem gewaltigen Sturm im Gebirge platt gedrückt? Oder werden sie gefällt, ist es eine Holzfällergeschichte? Wird die Geschichte von einem Holzfäller erzählt, der mit einem anderen Mann eine Hütte bewohnt, von seiner Frau getrennt, die in der fernen Kreisstadt wartet? Überhaupt, ist es ein Zedernwald oder sind es nur einige wenige Zedern, die beieinander stehen? Vielleicht handelt es sich auch um die Willkürtat eines verzweifelten Mannes, der mit seiner Axt in den Wald zieht, weil er überall an ein Ende gekommen ist?«

»Vielleicht fallen die Zedern von alleine?«, schlägt er vor.

»Wie?«, frage ich.

»Einfach so, von einem Moment auf den anderen. Eben standen sie noch, und plötzlich fallen sie um. Rums.«

»Aha«, sage ich. Die Idee gefällt mir. Zedern, die einfach so auf Schnee fallen.

»Das ist gut«, sage ich.

»Schön«, sagt er. »Kann ich dann wieder schlafen?«

»Geheimnisvoll irgendwie«, sage ich. »Eben stehen sie noch, und dann fallen sie plötzlich um und niemand weiß warum. Mysteriös. Eine Geschichte mit einem Geheimnis. Vielleicht eine übersinnliche Geschichte, das gefällt mir, ein ungeklärtes Phänomen.«

»Hm«, macht er hoffnungslos. Wir schweigen.

»Hol dir ein Bier aus der Abstellkammer«, sage ich, »ich brauche dich, du musst mir noch helfen. Ich habe auch ein Bier offen, das dritte schon.«

»Ach so«, sagt er, »warte.«

Er legt den schweren, schwarzen Hörer auf die Arbeitstischplatte, das höre ich, *bumm* macht es, dann schlurft er los. Ich kann ihn vor mir sehen, wie er im Bademantel durch das schwarze Haus schlurft.

»So«, sagt er. Ich höre Bieröffnergeräusche.

»Prost«, sage ich und wir lassen es gluckern.

»Also«, sagt er.

»Ja«, sage ich.

Eigentlich ist es seine Geschichte. Er ist auch so eine Zeder. Er ist gerade erst aus dem Krankenhaus zurück. Sie haben ihm die Mandeln herausgenommen. Wochenlang hatte er im Krankenhaus gelegen und niemand wusste, was mit ihm los war. Die Ärzte hatten keinen Schimmer. Über Wochen hatte er vorher Fieber gehabt und war immer schwächer und dünner geworden, ein Papierbild seiner selbst, nur noch eine Erinnerung an das Energiebündel, das er sonst gewesen war. Und seine Hausärztin hatte nach und nach ihre Antibiotikasammlung an ihm ausprobiert, aber nichts hatte geholfen. Dann kam er ins Krankenhaus und da ging es weiter mit den Experimenten. Sie schoben ihn in eine Röhre, durchleuchteten ihn, machten ein Blutbild nach dem anderen. Seine Haare wurden länger, bis er aussah wie ein vergessenes, morphiumabhängiges Miglied der Ramones-Family, er wurde blasser und blasser, bis er schließlich ganz durchscheinend gewesen war. Bei bestimmtem Lichteinfall hatte man durch ihn hindurch blicken können. Und dann hatte sich herausgestellt, dass Bakterien es sich auf seinem Herzmuskel bequem gemacht hatten. Wie bei diesen Ameisen und ihren Blattläusen, die von den Ameisen für die Kinderernährung gemolken werden. Mein Freund wurde von seinen Bakterien langsam zu Tode gemolken. Schließlich hat man ihm die Mandeln entfernt und seinen Herzmuskel sauber geschabt. Aber gerade war er wieder im Krankenhaus, weil die Blutbilder immer noch nicht stimmen. Und in seinen Geschichten schreibt er davon, wie das Leben an einem vorbeizieht, während man mit Freunden telefoniert und den Kindern Nutellabrote schmiert. Er hört finstere Brahmslieder mit dem Staubsauger in der Hand, *der Tod ist ein süßer Stachel* und so weiter. Wo ist mein Traum hin, in welchen Schrank habe ich ihn abgehängt, den mottenzerfressenen Mantel, so etwas schreibt er. Vom zerfaserten Leben auf Notizzetteln.

Er ist die Zeder, im Moment des Fallens. Eben noch hat er gestanden, beeindruckend schön und groß, ein stolzer Baum, und dann war etwas passiert, was immer passieren kann, man rechnet bloß nicht damit, man weiß, man spielt auf Zeit, ein paar Jahrzehnte haben wir noch, nimm erst den Opa und die Oma dort. Und schon geht es hinunter, dem Schnee entgegen. Wie in der Geschichte, wo die Zeder fällt und noch nicht angekommen ist. Gleich wird sie aufschlagen, der Schall gedämpft vom Schnee, dumpf wird es in die Weite schallen und der Schnee wird aufstieben im Mondlicht.

»Bist du noch da?«, fragt er.

»Ja«, sage ich, »ich habe nur nachgedacht.«

»Ich hole mir noch ein Bier«, sagt er.

»Alles klar«, sage ich.

Ich möchte ihm gerne sagen, dass es schön ist, dass wir mal wieder nachts so lange telefonieren und gemeinsam Bier trinken. Es gibt mir das Gefühl, dass nichts unumkehrbar ist, dass wir die Zeit für einen Moment aufhalten können, den Fall. Zwar fühle ich mich alt, wenn ich mit ihm telefoniere, die ganzen gemeinsamen Erinnerungen, doch ich fühle mich nicht alleine damit, und das ist vielleicht sogar wichtiger. Ich lausche der Stille im Haus und denke, dass er längst hätte zurück sein müssen am Telefon mit seinem Bier.

Zedern, die auf Schnee fallen heißt die Geschichte, im Plural, und das bedeutet, dass es nicht nur eine Zeder ist, die fällt, sondern mindestens zwei. Ich gehe in die Küche, um mir auch ein Bier zu holen. Ich brauche den Hörer dafür nicht zur Seite zu legen, im Gegensatz zu ihm besitze ich ein schnurloses Telefon.

»Schön, dass wir mal wieder miteinander telefonieren«, höre ich ihn sagen.

»Stimmt«, sage ich im Fallen.

Paderborn

Eines Tages verlasse ich mich selbst. Ich lege mir einen Zettel auf den Tisch: Es tut mir leid, ich kann es nicht mehr. Es ist nicht so, dass da keine Liebe wäre. Vielleicht ist es der Glaube, der mir fehlt, an dich, an mich, an eine Zukunft? Ich ertrage es nicht, das Kriechen, den Alltag. Ich habe es mir anders vorgestellt. Bitte suche nicht nach mir, es hat keinen Zweck. Ich bin an ein Ende gekommen, es gibt keinen Ausweg.

Ich stehe da und frage mich, ob es zu hart ist, zu ehrlich. Dann sage ich mir, dass ich das abkann und dass ich es mir schuldig bin, die Ehrlichkeit, das ist das Mindeste. Ich sehe mich noch einmal in der Wohnung um, die ganzen Erinnerungen, dann ziehe ich die Wohnungstür ins Schloss, schließe ab, werfe den Schlüssel durch den Briefschlitz. Es gibt kein Zurück.

Zu Freunden kann ich nicht, dort würde ich mich als erstes vermuten. Außerdem, immer wäre ich an mich erinnert, im Gespräch, allein ihr Anblick, sie würden wissen wollen, wie es kam, warum ich gehe. Dort kann ich nicht hin. Ich stehe im Hausflur und weiß nicht weiter für einen Moment. Ich sehe an mir herunter, den Blouson an, den ich schon längst in die Altkleidersammlung geben wollte. Ich trage Kleidung, die mich am wenigsten an mich erinnert, Stücke, die ich niemals mochte. Gelbe Stiefeletten an den Füßen, die ich in einer Laune kaufte. Eine ausgeleierte Anzughose. Ich trage diesen hellblauen Blouson, der riecht, weil er seit Jahren im Schrank hing. Sonst habe ich nichts dabei, nichts, was mich erkennbar macht, was mich erinnert.

Ich muss die Stadt verlassen, dämmert mir, hier ist alles zu vertraut, jeder Stein längst umgedreht, in jedes Fenster zigmal geschaut. Wo würde ich niemals hingehen, frage ich mich, wo würde ich mich nie vermuten? Ich zweifle nicht daran, dass ich mich verfolgen, dass ich mich suchen werde. Ich werde nicht lockerlassen, wie ich mich kenne. Wie ich mich kenne, werde ich um mich kämpfen bis zum Ende.

Gut, ich wollte nie nach Südamerika, fällt mir jetzt ein. Aber fürs erste erscheint es mir zu aufwändig, so für die erste Nacht ohne Gepäck. Ich gehe die nähere Umgebung durch, Europa. Spanien fand ich schon immer öde, Griechenland, Slowakei, Bratislava, obwohl, ganz spannend, eigentlich. So komme ich nicht weiter. Paderborn. Die Stadt ist katholisch und liegt in einer Gegend, die mich niemals interessierte. Katholisch und im Fußball einmal meinen Verein aus dem Pokal geworfen. Vielleicht eine zu starke negative Bindung. Egal, da komme ich nie drauf, Paderborn. Muss ja nicht lange sein.

Autofahren geht nicht, denke ich, während ich auf die Straße trete und die Augen zusammenkneife, die Sonnenbrille konnte ich nicht mitnehmen, trage ich zu oft. Das Auto gehört mir, da ist nichts zu machen. Mit der Bahn fahre ich auch zu gerne, die Möglichkeit zu lesen, Fahrrad zu anstrengend, käme allerdings in Frage, faul wie ich bin. Fesselballon, Taxi. Bleibt nur Trampen, denke ich. Dazu bin ich viel zu ängstlich und zu bequem, habe ich nie gemacht, auch nicht als Teenie, war mir viel zu suspekt, vielleicht mal einen Tramper mitgenommen, aber auch das bald sein lassen wegen der anstrengenden Gespräche. Also auf zur Autobahn. Ich hoffe bloß, dass mich jemand mitnimmt, so wie ich aussehe. Ich habe mir einen Mittelscheitel gekämmt, eine Scheißfrisur.

Dann halte ich den Daumen raus bei Autos, die so aussehen, als würde ich sie niemals für mich wählen, rosafarbene Cabriolets, braune Ford- und Opelmodelle, Familienkutschen. Ich muss auf Nummer sicher gehen. Ich habe kein Schild dabei, Paderborn, falls ich mich zufällig sehe, bloß nicht das Ziel verraten.

Ein blauer Mitsubishi-Dragon verlangsamt, ich kann eine Frau mit blonden Locken hinterm Steuer ausmachen, das kommt in Frage für mich.

»Wohin?«, fragt sie und wirft die Beifahrertür auf, sie lächelt hinter einer Riesensonnenbrille.

Und ich sage: »Paderborn, A1, so die Richtung.«

»Gebongt«, sagt sie und klopft mit behandschuhter Hand auf den Sitz neben sich. »Keine Tasche dabei?«

»Nein«, sage ich, »ich habe nichts dabei, ich bin im Begriff, mich zu befreien, ich fange noch einmal ganz von vorne an.«

»In Paderborn?«, fragt sie und grinst und ich kann ihre schlechten, gelben Zähne leuchten sehen, was sehr apart aussieht in ihrem Fall.

»Ja«, sage ich, »warum nicht, wo sonst?«

»Das klingt interessant«, sagt sie und nickt befriedigt.

Dann fallen wir beide in Schweigen, nachdenklich geworden. Nach einer Weile spüre ich eine Hand auf meiner Schulter. Ich wende mich um und blicke in mein Gesicht. Wie konnte das geschehen?

»Denkst du, ich lasse dich einfach so gehen? Wo denkst du hin?«

Ich seufze und sage nichts, wische meine Hand von meiner Schulter. Ich trage meinen Lieblingsmantel, die Lieblingshose, die Lieblingsschuhe. Ich sehe toll aus, muss ich zugeben. Von hinten belächle ich milde meine Aufmachung vorne, den alten Blouson, fahre mir mit der Hand durch den Mittelscheitel.

»Warum kannst du mich nicht gehen lassen«, sage ich leise mit einem Seitenblick auf meine Fahrerin, aber sie kümmert sich nicht um mich, um uns.

»Komm«, sage hinten ich, »wir steigen aus und fahren zurück, wir fahren ans Meer für ein paar Tage, das hat dir doch immer gut getan, die Weite, die Ruhe, das Rauschen.« Ich lächle mir zu. »Es wird dir gut tun, das weißt du doch, das ist es, was du brauchst, ein wenig zu dir kommen, der Rest kommt von alleine, du weißt es ja.«

Natürlich weiß ich das, aber jetzt will ich nichts wissen. Ich will nicht immer alles schon im Voraus wissen, so unglaublich beschissen weise geworden im Laufe der Jahre, durchschaubar, träge und linde, und alles schon kennen, alles verstehen und alles milde belächeln können. Ich könnte kotzen über mich. Ich möchte mich neu und nicht dieses Alles-schon-gewusst-Modell. Ich schließe die Augen, ich ignoriere mich einfach. Ich beschließe, dass ich nicht mehr da bin, ich denke mich weg, fort von der Rückbank. Wenn ich nur daran glaube, habe ich die Macht, mich zu befreien. Ich halte die Augen geschlossen, die Luft an, ich schlucke dreimal trocken.

Als ich mich umwende, hat es geklappt, die Rückbank ist leer. Erleichtert atme ich auf. Ich wende mich dem Fahrersitz zu. Da sitze ich und grinse mit meiner Sonnenbrille auf der Nase, schiebe eine Kassette in den Schlitz mit meiner Lieblingsmusik.

»Bei der nächsten Ausfahrt fahre ich raus, ja« sage ich, »da wende ich und wir fahren ans Meer, okay?«

»Lass mich raus, sofort«, sage ich, »ich will aussteigen. Du kannst nicht über mich bestimmen. Halt an, sofort, sofort«, sage ich.

»Auf der Autobahn?«, frage ich spöttisch.

»Sofort!«, sage ich und kralle mich in meinen Oberarm, mache klar, dass es kein Spaß ist. Ich öffne die Beifahrertür, zu allem bereit. Mit quietschenden Reifen bremse ich den Wagen auf dem Standstreifen, ich mache ein beleidigtes Gesicht. Das ist noch so ein verlässlicher Zug von mir: eine Mimose. Ich reiße die Beifahrertür auf und schwinge mich über die Leitplanke, renne über ein brachliegendes Feld fort von der Autobahn, im Kopf das Rauschen und im Ohr meinen Ruf, bevor die Tür wieder zuschlägt: »Du spinnst ja, dir ist doch nicht zu helfen!« Aber ich renne, nur fort von mir.

Zu Fuß gelange ich in eine Kleinstadt. Als erstes gehe ich zum Friseur und lasse mir eine Glatze scheren. Das wollte ich schon lange machen, aber jetzt ist es egal. Dann kaufe ich mir neue Kleidung, weißblau gestreifte Oberhemden, gelbe Krawatten, graue, glänzende Anzüge von der Stange, braune Halbschuhe. Ich zahle mit der Kreditkarte, anhand der Abrechnung werde ich meine Route nachvollziehen können, aber was soll ich machen. In der Drogerie wähle ich verzweifelt Produkte, voller Grimm, die ich niemals wählen würde. Axe-Duschgel, Old-Spice-Rasierzeug, Dentagard-Zahnpasta, ein sinnloses Ritual. Wenn ich will, finde ich mich sowieso, aber wo ist die Alternative? Ich muss zumindest versuchen, mir zu entkommen, ohne den Versuch finde ich mich nicht mehr lebenswert.

Auf der Toilette eines Imbisses sitze ich mit dem Gesicht in den Händen. Es ist dunkel hier, der Abort sauber, außer mir kein Mensch in den Kabinen. Ich überlege, was ich mit dem neuen Leben anfangen, wovon ich leben soll. Natürlich, anders muss es sein. Vielleicht Polizist werden oder Prokurist. Ich weiß noch nicht mal genau, was das ist und was er macht, der Prokurist. Noch einmal von vorne in meinem Alter, aber wie eine Ausbildung beginnen ohne die Zeugnisse, die ich in der Wohnung ließ. Vielleicht hätte ich zumindest das Abschlusszeugnis der neunten oder zehnten Klasse mitnehmen sollen, das Diplom verbrennen und das Abitur das Klo hinunter. Am besten werde ich Handwerker, male ich mir aus, reibe meine beiden linken Hände, Hilfshandwerker, irgendwo auf dem Bau dem Meister Steine reichen oder Bier aufmachen, nachmittags auf einem Gerüst die Beine baumeln lassen mit einer Flasche in der Hand oder eine Schiebkarre durch die Scheiße schieben. Ja, denke ich, nein, das passt nicht zu mir, eben drum, ach Gott, das kann ich doch vergessen, mich. Und bin schon wieder ganz dicht dran an mir. Ich höre ein Geräusch aus der Kabine nebenan und denke: Fort!

Ich betrete die Gaststube und bestelle Fisch, dazu einen Kräuterschnaps. Es schmeckt mir nicht, wie zu erwarten war.

Bevor ich mich zu mir setzen kann, verlasse ich die Stadt. Ich nehme die Regionalbahn. Ich lasse die Landschaft an mir vorbeiziehen, sanfte Hügel jetzt, anders als die Landschaft, aus der ich stamme, flach, ab und zu ein Gehöft zwischen den Hügeln. Ich bin ganz außer mir, das passt, und drinnen und draußen rinnt es die Scheiben hinunter. Ich mag nicht an mich denken, an das Gewesene, die Anfänge, die Abbrüche und immer diese Kontinuität trotzdem in allem, die Menschen, die mal mich, die mal ich begleitete. Ich betrachte die Gesichter der Mitreisenden im Großraumwagen, niemand, der mich an mich erinnert, Gott sei Dank.

In Paderborn steuere ich den Deutschen Hof an, die Strategie ist durchschaubar geworden, aber etwas anderes fällt mir nicht ein. An der Rezeption stelle ich die Le-Coq-Sportiv-Tasche mit meinen neuen Habseligkeiten neben mich auf die weinrote Auslegeware, ich sage: »Ein Einzelzimmer, bitte, für eine Nacht.«

»Kein Doppelzimmer?«, fragt der Portier verschmitzt.

Ich sage: »Nein, ein Einzelzimmer.«

»Die Papiere bitte«, sagt der Portier, und ich denke, scheiße ja, und lege meinen Ausweis auf den Tresen mit meinem Bild und meinem alten Namen, der mich anglotzt wie ein böser Zauberspruch. Ich unterschreibe das Formular und probiere wenigstens eine neue Unterschrift mit links, das Gekrakel eines Sechsjährigen. Der Portier reicht mir den Schlüssel, »Die Vierzehn im ersten Stock«, sagt er, »ein Doppelzimmer, einen angenehmen Aufenthalt.« Er zwinkert mir zu. Ich schaue ihn an, ein müder Blick, dann wende ich mich ab.

Ich öffne die Zimmertür und da sitze ich mit den Händen auf den Knien auf dem Doppelbett in meinem Lieblingspullover, den Mantel habe ich über einen Stuhl gelegt. Ich sehe mich entschuldigend an. Erst will ich wieder kehrtmachen, aber ich bin müde geworden, und spät ist es auch, es dämmert vor dem Fenster. Scheu werfe ich mir ein Lächeln durch den Raum zu. »Ach komm«, sage ich.

Also ziehe ich mir die unmöglichen Schuhe von den Füßen, ich seufze. Dann hänge ich mit meinem Anzug den großen Spiegel über einem Tischchen ab.

Später liege ich im Doppelbett, steif und kalt, als hätte man mich mit Gips ummantelt. Die Schultern schmerzen, von wegen Freiheit, die ganze Anspannung. Ich liege neben mir und nehme Rücksicht, versuche, mich nicht zu berühren, und trotzdem spüre ich die Wärme, die von mir ausgeht. Es wird dunkel im Zimmer und nach und nach beginnt die Fassade zu bröckeln, der Widerstand schwindet. Ich sage nichts, vertraue auf meine körperliche Präsenz. Ich spüre, wie etwas weich wird in mir, wie die Liebe wieder wachsen kann. Dann habe ich eine Hand in meinen Haaren, die mich leise streichelt, und ich wehre mich nicht, ich dulde es und mehr als das, ich beginne wieder, es zu genießen. Nach einer Weile wende ich mich mir zu. Ich schaue mich an. »Schhh«, mache ich und drücke mir die Lider zu. »Morgen fahren wir ans Meer«, höre ich mich flüstern. Dann schlucke ich den Kloß hinunter, die Trauer, die Bitterkeit. Ich mache mich klein und rolle mich zusammen in meinem Arm, schmiege mich an mich. Durchflossen von Wärme, kann ich mein Herz schlagen spüren, den alten Begleiter. Und zum ersten Mal an diesem Tag fühlt sich etwas an wie zu Hause.

Krill, der; -[e]s, -e [engl. krill < norw. (mundartl.) kril = *Fischbrut*, *Walnahrung*]. Bezeichnet im engeren Sinne Kleinkrebse, die Teil des Planktons sind. K. wird auch Leuchtgarnele oder Leuchtkrebs genannt, da er an den blauen Augen und am Körper Leuchtorgane besitzt, die ein gelbgrünes Licht aussenden (Biolumineszenz). Dient manchen Fischen (z.B. Heringen) und besonders Bartenwalen als Hauptnahrung. Hoher Protein-, Vitamin- und Mineralgehalt.

Dank an:

Sigrid Behrens
Marijke Malessa
Thomas Wellhausen
Markus Wiese
Daniel Beskos
Peter Reichenbach
Blanka Stolz
und alle Freunde von der Macht:
Alex, Ben, Dierk, Fiete, Gordon,
Hartmut, Sven und Tina